季節の言葉と暮らす幸せ

俳句、やめられません

岸本葉子

小学館

装幀——杉坂和俊
装画・題字——牧野伊三夫
編集協力——柳本 操
編集——後藤淳美

はじめに

本書を手にとってくださってありがとうございます。

今この本を読みはじめたかたは、おそらく「俳句って面白そう」という興味を抱いてくださっているのだと思います。

けれど、いざ「俳句ってどういうものだろう」と、少しだけのぞいてみると、「〜や」とか「かな」「けり」といった言葉遣いになじみがなかったり、季語などのルールが面倒だったり、さらに「この型を守っておけば絶対にいい俳句が作れます」といった公理公式もなかったりで、「俳句ってなんだか難しい」と踵《きびす》を返してしまうかもしれません。

でも、それではあまりにもったいない。せっかく近づいてきてくださったのだから、もう少し知ってほしい。その先には、俳句ならではのすてきな世界が開けている、ということを本書でお伝えしたいと思います。

私自身は、俳句に親しむこと十年目になりました。

はじめたときは、もうお恥ずかしいぐらい初心者も初心者。とにかく、俳句というものは季語を入れるらしい。

五七五で作るものである。


この二つだけの知識で飛び込みました。

最初は「風流なもの、わび・さびっぽいものを詠《よ》まなければ」と肩に力が入ってお寺や仏像みたいな古めかしいものばかり題材にしたり、先人の名句をまねようとしたり、狙って作ったのがありありの句を詠んでしまったり――。今振り返ると、顔が赤くなるような経験もたくさんしてきました。

でも、そんな経験をひとまとめにしてたしかに言えるのは、俳句という趣味に出会えて、年齢とともに固定されがちな「自分の枠」を取り払い、季語というすてきな装置に身を委《ゆだ》ね、自分を解放する心地よさのとりこになってしまっていること。

俳句は、五七五、合わせてたった十七音しかないため、あれもこれも、と盛り込むことができません。だからこそ、季語の力を味方につけることが大切。さらに、自分の句を読んでくださった誰かの言葉から、「私って、こんなことを表現したかったんだ」という意外な気づきを得ることもある。詠むごとに発見が尽きないのが俳句です。

味わっても味わいきれない、奥深い趣味と出会えてから、私は年齢を重ねることがあんまり怖くなくなりました。

たとえ高齢になり、体が不自由になっても、私は一枚のはがきに俳句をしたためて投句し続けると思います。

本書では、一句を支え、その世界を広げてくれる「季語」に親しんでいくコツや、自らが詠み、また誰かに読まれる楽しさを味わえる「句会」の面白さなど、私が俳句から学んだことを余すところなくお伝えしていきます。

俳句の専門家ではないので、俳句の作り方を指導することはできませんが、学んでいる途中の者として、失敗も含めて経験したことは多くあります。

汲《く》めども尽きない魅力のある俳句の世界に、ひとりでも多くの方が参入してくださることを願っています。

岸本　葉子

目次

はじめに―3

〈第一章〉季語は頼りになる味方―11

季語があるから俳句ができない？―12
覚えなくていい―16
歳時記が手元にあれば―22
ふとしたシーンが俳句になる―28
季語の他に入れるもの―32
古くさい決まり事？―36
そもそも季語とは―40

〈コラム❶〉チャレンジ！　季語クイズ―48

〈第二章〉こんなに豊かな季語の世界――51
季語の「本意」を知る――52
入れ替えてみてわかること――58
ムードを変える力――64
置くのではなく、働かせる――68
「響き合う」ということ――74
経験を超えて――78
これも季語だとは！――84
詠み尽くされることはない――88
〈第三章〉季語力を鍛える句会――93
句会は怖い？――94
「兼題」「席題」「吟行」――98
場数を踏むと力が抜ける――104

参加すれば早く伸びる――108
スリルが快感――112
読み手の想像に委ねる――116
「詠む」と「読む」は両輪――120
投句はぶれろ、選句はぶれるな――122
自分に合った句会を探す――126
〈コラム❷〉チャレンジ！　季語クイズ――128

〈第四章〉「あるある俳句」と「褒められ俳句」――131

句会は道場――132
「あるある俳句」――136
「報告句ですね」「原因と結果になっていますね」
「決まり文句ですね」「季語に入っていますよね」
「意味を感じたので」「ごとく俳句」
「褒められ俳句」――153
「わざわざ言ったことがなかった」「〇〇がこの句の眼目ですね」
「景が見えます」「攻めていますね」

〈第五章〉歳時記は一生の友——161

一年目の句と今の句——162
自我を手放す——166
俳句と禅——170
言葉に出す、形にする——176
初心に返る——180
迷ったら戻る場所——188
エッセイと俳句と——192
歳時記は一生の友——196

おわりに——202
参考文献——206

凡例

本文中に掲載した俳句は、
特に作者名がないものは著者の句です。
俳句、および本文中の季語で
読みにくいと思われる漢字には、
原句にない場合でも
新仮名遣いでルビを付しました。
本文中の参考文献からの引用は〈　〉で括り、
読みにくいと思われる漢字には
原文にない場合でもルビを付しました。

第一章　季語は頼りになる味方

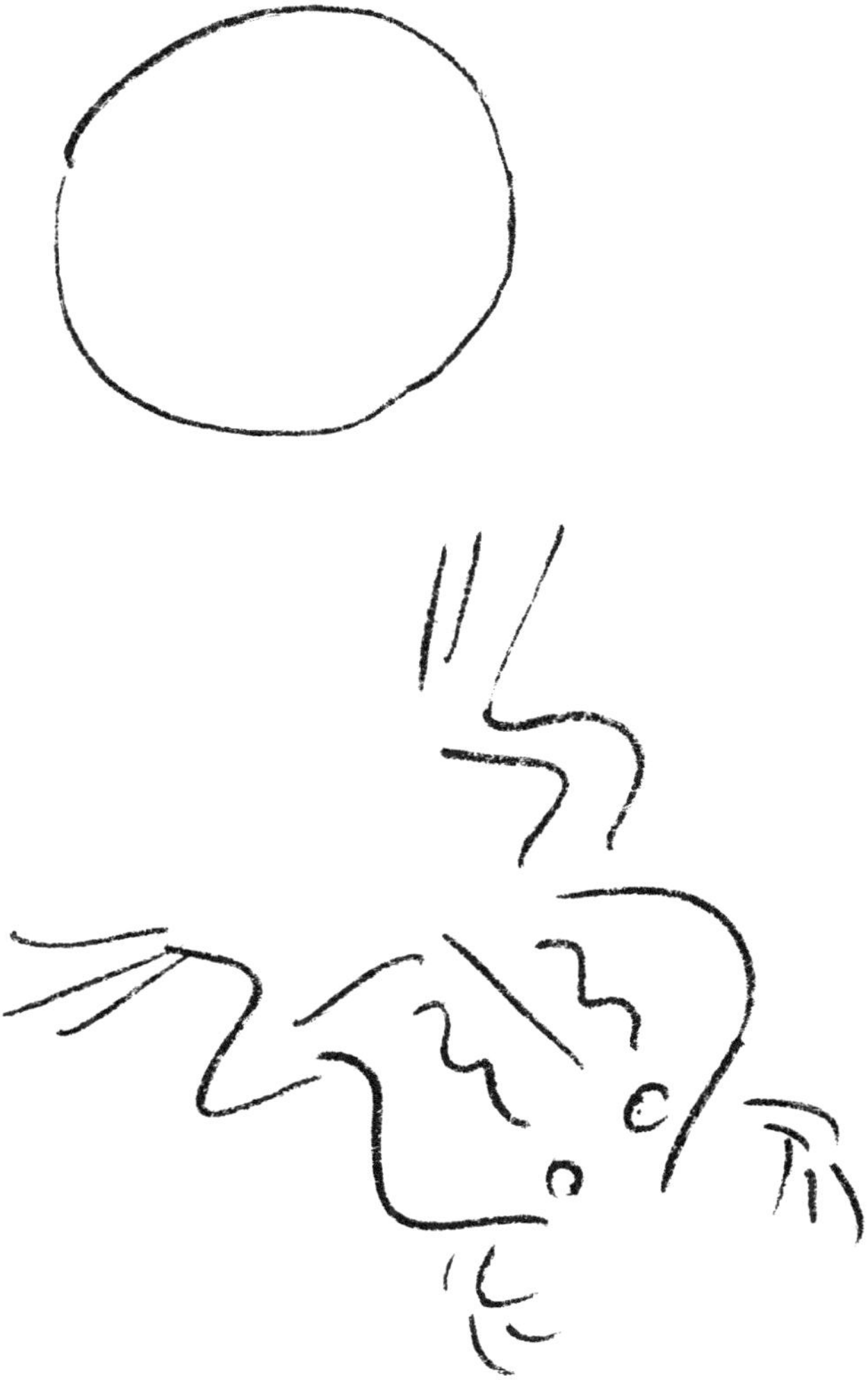

季語があるから俳句ができない？

まったくの初心者からはじめた私が思うのは、季語がいかに頼りになるかです。「季語があるから、なんとか俳句らしいものを作れたのだな」「季語によりかかってこそ、続けてこられたな」と十年目の今、強く感じています。

第一章では、俳句といえばつきものの「季語」が、実際に俳句を作るときどのような役割を果たすかについて、お話ししていきましょう。俳句を始めてみたいけれど、約束事が多そうで、とっつきにくい。その約束事の代表格が季語かもしれません。

季語といえば、どんなものが浮かぶでしょうか？　春でいえば、鶯《うぐいす》、梅。夏なら青葉、風薫《かお》る。このような季語を挙げると、ただちにプレッシャーになってしまうかもしれません。「風薫る？　風って別に匂いしないし。そもそも風に匂いを感じるような暮らしをしていないし」。俳句を伝統文化ととらえ、高校の古文の授業で習ったような雅《みやび》な感性を、短歌より音数が少ない分、より純化したようなものと考えると、余計プレッシャーがかかります。

俳句をはじめるにあたって最小限頭に入れておきたい約束事は、おおまかにいえば以下の二つです。

・五七五であること
・その中に、季節の言葉である「季語」が入ること

正確には「切れのあること」が加わりますが、それは第二章で述べる、季語とそれ以外の部分の距離とに関わります。この本では、俳句をはじめるにあたりいちばんの難物に感じる季語をテーマに述べていきます。

「五七五であるのはいいとして、季語がいかにも面倒そうだし、生活実感からかけ離れている」。そう感じて、拒否反応を示す人は少なくありません。季語を入れないで作る、無季俳句へ進む人もいます。

でも、五七五のたった十七音しかないのに、読む人の側に「あ、これ、私も感じたことがある」という思いなりシーンなりをなんとか立ち上がらせることのできたのは、私の場合は季語の力あってのことでした。季語があるから俳句ができない、とは、私にとっては逆です。無季の名句も少ないながらありますが、基本は、季語があってこそ俳句は成立していると思います。

季語は何やら難しげで、とっつきが悪いけれど、季語の懐《ふところ》に思い切って飛び込んでみると、どんどん俳句と仲良くなっていけるのです。

五七五のリズムそのものには、なじみのあることでしょう。街でみかける標語は五七五になっているし、川柳の募集も盛んです。十七音ではないけれど、短歌も五七五のリズムに則《のっと》っています。日本人が親しんできた、これら短詩形文学の中でも、俳句は決まり事が多い印象です。

私が俳句をはじめた十年前を振り返ると、「季語って近寄りがたい」と思うよりも、それ以前に、季語そのものを知りませんでした。季節感を表す言葉であり、どの言葉がどの季節を表すかは約束により定められていて「歳時記」という本に載っているらしい——とだけ聞いてはじめました。

季語を知らなくても大丈夫。「歳時記」があれば、「まずは詠《よ》んでみる」ことができます。さて、どの季語を選ぼうかな、と見ましょう。

俳句は合計十七音。歳時記をめくって「春近し」という五音の季語が、今のあなたにフィットしたなら、あと十二音を加えるだけです。簡単でしょう?

季語を知らなくても、と述べましたが、私たちは知らないうちに季語に親しんでいるのです。手紙で時候のあいさつに「陽春の候」と書かれているあの「陽春」も、テレビのニュースで「今日は二十四節気の啓蟄《けいちつ》です」と言っている、あの「啓蟄」もそう。するとまたまた「二十四節気って、知らないし」と不安になるかと思いますが、これも大丈夫です。俳句十年目の私もいまだ二十四節気を覚えていません。「歳時記」を見ればすべて、意味まで書かれていますから、知識不足はいくらだって補えます。

それに季語は、実は、そうした古文に出てきそうな言葉より、日常に即した言葉がずっと多いのです。居酒屋や定食の店に入って周りを見渡し、季語になっていないものを探す方が難しいくらい。「湯豆腐」は冬の季語、「ビール」「冷奴《ひややっこ》」は夏の季語、塩焼きの「秋刀魚《さんま》」は秋の季語。和菓子店に並ぶ「桜餅」は春の季語。食べるのが好きな人なら、あなたはすでに季語の宝庫です。

覚えなくていい

季語が「歳時記」に書いてあるのはわかった。でも、いざ歳時記を開くと、あまりにもたくさんの数の季語がずらりと並び、のけぞってしまう。ここに、俳句をはじめる人にとっての第二の挫折の危険が、隠れているのかもしれません。

季語の多さに圧倒されてしまうのは、「覚えなければいけない」と思うからではないでしょうか。「俳句を楽しんでいる人たちは、これがみんな頭に入っているのか」と。

ありえません。実際に、俳人と呼ばれるプロのかたがたが使いこなしている季語は、通常はせいぜい三百個、さまざまな季語を積極的に使う俳人でも、千個ぐらいといわれるそうです。

そもそも季語は、いくつぐらいあるものなのでしょう。

世の中に歳時記として出されている本に載っている季語を数えた人たちが過去にもいて、その数は八千ともいわれます。歳時記の簡易版というべき「季寄せ」という本があり、季節ごとに一冊となっている歳時記を抜粋して一冊にまとめたもので、俳句をはじめると最初に持つ人が多いですが、そこに見出しに立ててある季語だけで五千近いそうです。

これだけ膨大なのだから、「覚えなければいけない」という考えは最初から捨てるのがいいように思います。歳時記を常に傍《かたわ》らに置き、開けばそこにあるたくさんの季語の中から、好きなように選べばいい、そうとらえ直すと、気が楽になります。歳時記をめくって、季語を選んで、五七五にしていく経験を繰り返す中で、無理なく季語に親しめます。

試しに五七五にしてみましょう。

●季語ひとつで、句の印象ががらりと変わる

五七五を上から順に、「上五《かみご》」「中七《なかしち》」「下五《しもご》」と呼びます。

とりあえず「上五」は空欄にしておき、「中七」と「下五」から組み立ててみましょう。

例えば、今日、外出したとします。家を出るときから帰るまでの行動を、なるべく細かく思い浮かべてみます。

・靴べらを使った
・玄関の鍵を回して閉めた
・車のエンジンをかけた
・ショルダーバッグを下ろした

など。その中のひとつ、例えば最後のひとつは、割と簡単に音数が整いやすそうです。「ショルダーバッグ下ろしたる」が「中七」「下五」になりました。

（　　　）ショルダーバッグ下ろしたる

（　　　）の部分に、春夏秋冬の季語を入れてみます。例として「春雨」「夏の雲」「秋風」「冬の星」をそれぞれ入れ込むと、どんな景色が浮かぶでしょうか。

春雨やショルダーバッグ下ろしたる

歳時記では、「春雨」という季語について〈古くからしっとりとした趣のあるものとして詠まれてきた〉と解説しています。しとしとと雨が降っているけれど、春だから、道沿いには梅の花などが見えているかもしれません。同じ雨でも春の雨には、背景にほの明るさがありそうです。雨の中を帰ってきたけれど、ひどく濡《ぬ》れそぼってはいない、凍えてもいない、降られたのが苦にならない。そんな情景が浮かんできます。

夏の雲ショルダーバッグ下ろしたる

「夏の雲」を歳時記で引くと〈積雲や積乱雲が代表的な夏の雲。青空に湧き上がる白い大きな雲は生命感に溢《あふ》れる〉という説明があります。

暑い中を歩いてきて、ショルダーバッグを下ろして、水でも飲んでひと休みして、さあ、ここからもうひと頑張りと歩き出しそうな、勢いが伝わってきます。

秋風やショルダーバッグ下ろしたる

「秋風」は、〈秋の訪れを告げる「秋の初風」から、晩秋の蕭条《しょうじょう》とした風まで、秋の風にはしみじみとした趣がある〉と解説されています。秋風に吹かれながら、ひとり歩いて帰ってきた。心がしんとしている様子を想像します。

冬の星ショルダーバッグ下ろしたる

「冬の星」の解説には〈冬は大気が澄み、凍空《いてぞら》の星の光は鋭い。昴《すばる》やオリオン座はすぐに見つけることができる〉とあります。刺すような冷気の中、尖《とが》ったような光を放つ星がくっきりと見える。平坦《へいたん》でなくても選んだ道を、志を持ってまた再び歩きはじめようという、澄んだ決意のようなものが伝わってきそうです。

●気持ちは季語が語ってくれる

いかがでしょうか。

日常の中のワンシーンに季語をつけて、一句できました。そして「中七」「下五」はまったく同じでも、「上五」の季語を何にするかによって、そのシーンの持つムードががらりと変わってきます。

「ちょっと待って。たしかにこれで一句できたような感じがするけれど、まだ気持ちを何も言っていない」と思うかもしれません。

ショルダーバッグを下ろしたとき、自分がどんな気持ちだったかをまったく言っていないのに、表現といえるのか。

いえます。それで表現になるのが、俳句なのです。

自分の気持ちをあえて言葉にしなくても、季語が自分の代わりに気持ち、あるいはそれ以上のことを言ってくれる。そこに俳句の不思議があります。

春雨はしっとりしている、夏の雲は生き生きしている。そんな、季語の持つそれぞれの特性（季語の「本意」という言い方をよくします）を知って、季語を選ぶところにすでに、自分らしさが現れているのです。

さらに、俳句は作っておしまいではありません。「句会」に持っていき、人に読んでもらうプロセスもあります（詳しくは第三章）。さきほどの春雨の句であれば、「雨に濡れてしまったけれど、作者はそんなに情けない気持ちで帰ってきたのではなくて、むしろ満ち足りて、ほっとしたような思いもあるのが、春雨という季語で感じられます」という感想が、読んだ人から出るでしょう。ほっとしたと、作者は言わなかったけれど、季語で伝わった。十七音しかないのに表現として成立するのは、このような季語の力に負うところが大きいのです。

あるいはたぶんに無意識に「春雨」という季語を入れて、人の感想を聞いてはじめて「あ、私は重いバッグをさげて濡れて帰ってきたけど、気持ちとしてはそんなに情けなくはなかったのだ」と気づく。選んだ季語を通しての、自分の発見です。

自分が組み立てた五七五でありながら、思いもよらなかったところに連れていってくれる。それにも季語の力は大きいのです。

歳時記が手元にあれば

さきの例では、季語による印象の違いを感じていただくために、春夏秋冬からひとつずつ季語を選びました。実際には作るときが夏なら、夏の季語を用います。今の季節に使える季語を探したいときや、使いたい言葉がさきにあって「これって今の季節の季語？」と調べたいとき、さらには人の俳句に出てきた季語の意味を知りたいとき、役立つのが「歳時記」です。

歳時記は大型書店であれば、詩歌か辞書のコーナーに置いてあります。

さまざまな種類がありますが、解説や例句の多い大型サイズのものと、携帯に便利な文庫本サイズのものに大別されます。

たいていは季節ごとの分冊になっています。「春」「夏」「秋」「冬」そして「新年」です。さきに述べた「季寄せ」は一冊にまとめられていますが、そのぶん季語の掲載数は少ないです。

季節ごとの分冊になった携帯サイズのものを、まずはおすすめします。

歳時記を開くと、季語が七つのカテゴリーに分かれているのがわかります。カテゴリーとその例を、春の分冊から挙げるとこんな感じです。

「時候」春分　春の宵　八十八夜など
「天文」春一番　風光る　春雨など
「地理」水温《ぬる》む　春の川　苗代《なわしろ》など
「生活」蕗味噌《ふきみそ》　草餅　石鹸玉《しゃぼんだま》など
「行事」修二会《しゅにえ》　彼岸会《ひがんえ》　花祭など
「動物」猫の恋　蛙《かわず》　蝶《ちょう》など
「植物」梅　桜　土筆《つくし》など

さっそく「春の宵」のページを開いてみましょう。

【春の宵】とカギカッコ付き、または太字でなど目立つように書かれているものを「見出し季語」といいます。いわゆる、メインの季語です。その後に「春宵《しゅんしょう》」「宵の春」とあるのが、見出し季語の言いかえといえる「傍題」です。

初心者は、まず「見出し季語」を使うことから慣れるといい、と私は教わりました。ただ、音数のつごうでそうもいかないときがあります。「はるのよいの」と「の」で「中七」へ続けたいのに、「上五」から一音はみ出してしまう。そのようなときに「傍題」の「春宵」だと、音数はちょうどいい。「しゅ」「しょ」は一音と数えるので「しゅんしょうの」で五音となるのです。

「傍題」の後には、辞書と同じで、その季語の解説が書かれています。解説には、さきに述べた「本意」だけでなく、そのものの来歴、昔の本にはどう書かれているかまで載っているものもあります。ここを読むと、季語となっているものごとに、日本人がどんなふうに親しんできたかがわかって興味がわき、ついつい他の季語にも目を移してしまいます。

解説の後には「例句」が載っていて、実際にその季語がどのように使われているかがわかります。松尾芭蕉《まつおばしょう》や与謝蕪村《よさぶそん》などの江戸時代の人の句から、現代の俳人の句までが並んでいます。

私は俳句をはじめたとき、偶然、歳時記が手元にありました。エッセイを書くときの資料として持っていたもので、カラー写真付きの五分冊をひと揃《そろ》い購入し、百科事典代わりに引いていたのです。

仕事柄、例えば花についてのエッセイを書くとなると、その花についてある程度知らなくてはいけません。植物事典だと「何科に属していて、花弁は何枚で、葉の付き方は」といった理科的な知識ばかりなので、その花にまつわる習俗や行事を民俗学事典で調べたり、江戸時代の人はどのように愛《め》でていたのか、当時の生活文化を記録した資料で調べたり。書店の違うジャンルの棚から棚へ、行ったり来たり。

歳時記はそれらがひとつにまとまっていて、とても便利です。大きな歳時記だと、考証も載っていて、そこに解説されていることの出典もわかります。

旅に行けばその土地の事物に、お芝居を観《み》に行けば昔の習俗に接します。そのときに後からでも知識を補えれば、味わいはぐっと深まります。俳句を作るとき以外も、歳時記は日々を豊かにしてくれます。

●便利な「新年」の総索引

歳時記のほとんどが春、夏、秋、冬、新年という分冊になっていることを述べました。「そもそも、この言葉がどの季節に属しているかがわからない」というときは「新年」の巻が便利です。「新年」の巻末には季語の総索引があり、春夏秋冬すべての巻の季語が五十音順に並んでいるので、それで調べられます。

私は新年の巻の総索引の部分だけ切り取ったものを、季節を問わず常に持ち歩いています。春であれば、歳時記の春の巻といっしょに。

例えば、春の夕方、キッチンで鰯《いわし》を煮るため腸《わた》を出そうとして、腹が包丁を使わずとも、指で裂けるくらい柔らかかった。これを詠みたいな、と思ったとき。「春の夕」という季語は最初に思い浮かんで、さて、「鰯」ってどこかの季節の季語になっていたかと考える。

俳句は一句に入れる季語は原則としてひとつ。二つ以上入っていることを「季重なり」といい、いけないわけではないけれど、避けた方がいいとされています。学ぶ途上の者としては、まずは原則に従い作りたい。

新年の巻の総索引で、五十音別の「い」で「鰯」を探せば、「秋の季語」。一句の中に春の季語と秋の季語が入るのは、「鰯」に必然性がない限り、できれば避けたい。

ここで自分の詠みたいことは、どうしても「鰯」でなければならないか？　考えます。いや、「鰯」であることより、指で裂けるほど柔らかい、そのことが心にとまった。「鰯」に必然性がないならば、「季重なり」を避けて魚《うお》にしようと思います。

春の夕指もて魚の腹を裂く

キッチンでまずは頭の中で作り、後で「春の夕」を歳時記で調べると、「春の暮」の傍題になっていました。解説には〈日ごとに日の暮れるのが遅くなり駘蕩《たいとう》とした気分が漂う〉とあります。暮れなずむキッチンに立っている、穏やかさとけだるさの交じる時間、柔らかでどこかなまめかしい魚の身、ほんの少しの罪の意識。そんなところから「春の夕」がそのときの私にフィットして、無意識に選んでいたのだと思います。

こんなふうに、日常の中に俳句になり得るシーンは転がっています。まずはそれを拾ってみましょう。筆記用具のないときは、とりあえず頭の中に。

そして、季語を再検討。歳時記とノートを開いて、書いてみて、季語を入れ替えてみて。そうしているうちに、おのずと季語とのつきあいに慣れてきます。

何かをはじめるとき「道具をよく知って、使いこなす技術を身につけてからでなくては」という考え方もあるでしょう。が、俳句の季語は「作りながら、身につけていく」ものです。わからないながら作り続けるうちに、季語はいつしか親しい存在になっています。

ふとしたシーンが俳句になる

「俳句は季節感を詠むもの」「美しく雅な世界を詠むもの」「わび・さびを詠むもの」。その思い込みは、まず捨てましょう。

花や月でなくていい、お寺や古池でなくていい、さきほどの例のように、キッチンで鰯を手開きしました、くらいのことでも、臆せず俳句にしていいと、はじめてみて私は知りました。

「日常の中にって言われても、どんなシーンを詠んだらいいのかわからない」のであるならば、例えばドラマや歌詞などに印象的なシーンはありませんか。

私が若いときはユーミン（松任谷由実さん）の歌が、街でしょっちゅうかかっていました。カセットテープも持っていました。

『真珠のピアス』という曲の歌詞は、別れが近い恋人の部屋に、真珠のピアスの片方をわざとベッドの下に捨てていく、新しい彼女がもしかしたらそのピアスをみつけるかもしれない、といった内容です。

あんまりよく聴いたので、まるで自分が体験したかのように、ピアスを置くシーンが立ち上がってきます。あれを五七五にするならば？

「真珠のピアスを片方」と言えればいいけれど、それだけでもう十二音になり、他が入らない。すると「真珠」か「片方」のどちらかをあきらめないといけません。真珠のピアス、ピアス片方？　ここでは、心の半分だけ置いていく感じ、未練と嫉妬心の入り交じった感じから、「片方」こそが外せません。「ピアス片方」にします。音数からして中七に。

それだけでは「ピアス片方」をどうするかわかりませんから、どうするの部分を、下五に入れましょう。外したる、なくしたる、置きて去る？　このあたりが候補です。

季語はどうするか。

歌詞では季節は特に示されていなかったと思います。私の心に浮かぶのは、きりっとした冬の冷気を肌に感じながら、彼の部屋を後にするシーン。つらい状況だし、未練はあるけれど断ち切るためにも、ここは決然として去りたいところですから。

「冬の夜《よ》」という季語を選びます。

冬の夜、だけでは四音なので、ひとつ音を足すために「や」をつけます。足すために、というと安易なようですが、「や」というとつい難しく考えがちだけれど、もっと積極的に使っていいのですと、俳人のかたから言われました。

冬の夜やピアス片方置きて去る

さて、この「冬の夜」を試みに、「春の夜」に置き換えるとどうでしょう。

春の夜やピアス片方置きて去る

私が立てたい、決然と去るシーンに何か合わない。「春の夜」だったら、下五を候補のうちの別のものに変えて、

春の夜やピアス片方外したる

の方がピッタリ来る気がする。

でも、不思議。季語が変わると、ストーリーの方も何やら変わってきそうではありませんか。

歳時記では、春の夜の解説に〈朧夜《おぼろよ》となることも多く、艶なる趣が満ちる〉とあります。

歌詞と離れて、この五七五だけシーンとして立てれば、ピアスをひとつ外して、やがてもうひとつも外して、これから何かなまめかしいことが、ゆっくりとはじまるのではない

かという期待感。あるいは、満たされて帰ってきて、その余韻を味わいつつ外す、のような、さきの五七五とはまったく違う男女のストーリーが浮かび上がってきます。

ユーミンの『海を見ていた午後』もよく聴きました。横浜の山手のレストランの海の見える席で、恋人を思い出しています。

沖をゆく船の一隻ソーダ水

「ソーダ水」は夏の季語です。または、二番の歌詞にある紙ナプキンの方を中心にして、

ゆく夏の紙ナプキンに書いた文字

ふとしたワンシーンが俳句になること。また季語が多くを語ってくれることを、歌詞をもとに作ってみる試みから、感じていただけたでしょうか。

季語の他に入れるもの

歌詞から思い浮かぶワンシーンを句にすることまでしてきて、俳句がだいぶ身近なものになってきたでしょうか。さらなる試みをしてみましょう。

さきほどは季語を変えてみました。今度は季語は変えないで、その句に入れるものを変えてみて、季語との関係を探ります。

冬の夜の膝の上なる（　　　　　　）

季語は「冬の夜」、上五はその季語を含んだ「冬の夜の」、中七は「膝の上なる」と決めておきます。残りは下五の五音しかありません。この（　　　）の中に何を入れましょうか。

五音というと、例えば次のものが候補として浮かびます。

母の愛　夢ひとつ　毛糸編む　毛布かな　登山靴　本一冊　時刻表
一升瓶　志野茶碗《しのぢやわん》　針と糸　裁ち鋏《たばさみ》　試験管

冬の夜の膝の上なる母の愛

冬の夜、膝の上、「母の愛」はその温かさから、入れたくなります。でもこの句を誰かが読んだときに、その人の目の前にシーンが立つでしょうか。ムードはわかるけれど、漠然としている。観念的すぎるかもしれません。

「夢ひとつ」も同様です。見えるように詠む、眼前に景《けい》が浮かぶように詠む、と初心者の頃よく言われました。それからすると、「母の愛」や「夢ひとつ」は、具象性に欠けるのです。

冬の夜の膝の上なる毛糸編む

このシーンは、浮かびます。編み物をしているところです。が、残念ながら「毛糸編む」は冬の季語。すでに「冬の夜」という季語があるので、一句の中に季語が二つある「季重なり」。原則として避けるべきことだと、さきに述べました。

「登山靴」もシーンとしては悪くないけれど、残念、夏の季語なのです。使いたいものがあるとき、それが季語でないかどうかを確認しないといけません。

冬の夜の膝の上なる本一冊

シーンは浮かびます。悪くはありません。が、まだちょっと漠然としています。どんな本か言ってはどうでしょうか。

冬の夜の膝の上なる時刻表

漠然と「本」であったときより、いっきに世界が広がります。暖炉のそばの揺り椅子で、いつか旅に出る日を思っているのか。ストーブの上のやかんがしゅんしゅんと音を立てている小さな駅の待合室で、旅の友である時刻表を持っているのか。読む人により、いろいろなシーンをそこに見るでしょう。

冬の夜の膝の上なる一升瓶
冬の夜の膝の上なる志野茶碗

シーンは見えるけど、やや狙いすぎかも。前者は滑稽味を出そうとしていますが、読む人によっては「その手に乗らないぞ」と思いそうです。後者はうまいけれど、うまさが鼻につく人もいそうです。古くさいという印象を持つ人もいるでしょう。

冬の夜の膝の上なる針と糸

シーンは見えるし、悪くないけれど、常識的にすぎるかも。裁縫道具なら、いっそ「裁ち鋏」を出すと、針仕事にも読めるし、物思いをしているようにも、あるいはこれから何かが起こるのではというスリリングなシーンにも読めます。常識的でなければいいかというと「試験管」は突飛すぎる。シーンも見えにくいです。意外性はあるけれど共感性はあるでしょうか。

あるところでこの試みをしたら、

冬の夜の膝の上なるうふふのふ

と詠んだ初老の男性がいました。すてきな女性を膝の上に載せていると。私の想定外の答えでしたが、そういうのが出てくるところが俳句の面白さです。

古くさい決まり事？

「ソーダ水」は夏の季語と、さきほど述べました。このように今の私たちの生活実感に合った季語が、歳時記には載っています。

一方で歳時記には、「これ何？　見たこともない」という古いものもたくさんあります。昔は身近だったのだろうけれど、今の私たちの暮らしからは、ほとんど絶滅したような事物です。

「俳句は古くさい」「自分とは縁遠い」「高尚な文芸なのでしょうけれど、今の私を表現するものではない」と思われる一因には、そのことがあるかもしれません。

かといって、知らない季語は無視していいかとなると、私はそうではないと思います。「古くさい季語」に、むしろ積極的に挑戦していきたいです。

俳句の「兼題《けんだい》」（句会などの前に、前もって出される季語のお題）として、「砧《きぬた》」が出たことがあります。

「砧」って？

歳時記で引くと、秋の季語。〈布を柔らかくし艶《つや》を出すため、木や石の板にのせて槌《つち》で打つこと。「衣板《きぬいた》」からの転訛《てんか》。冬支度の一つで、その音が哀れを誘うことから、昔から歌や俳諧に詠まれた〉とあります。

見たことも使ったこともないけれど、想像で作ろうか、あるいは、郷土博物館などに行って現物を見て、できれば触れて詠んでみようか。知っているものが季語のときにはない、刺激を受けます。

俳句を作る人は、そういう刺激は好きですし、好奇心も旺盛です。「この季語、知らないね。今度見にいこう」という話になることがよくあります。

私を含め、都市生活をしている者にとっては、たぶん歳時記に載っている季語の九割がたは、経験のないものです。「麦踏《むぎふみ》」「田水張《たみず》る」「苗取」といった農事に関する季語は、たくさんあります。

養蚕に関する季語も多く、そうなると私の句会の仲間は誰も手も足も出ません。けれど、「東京からなら、埼玉県の秩父《ちちぶ》あたりだとまだ見られるかもしれない」と吟行《ぎんこう》（俳句の題材を求めて、出かけること）を計画することもあります。

古い季語は、見聞を広めるきっかけになる他、想像力を鍛えることにもなります。

「田植唄」という兼題が出たことがありました。夏の季語です。私は聞いたことがなく、

経験では作れません。苦しんだ挙げ句、来賓の祝辞続いて田植唄

田植唄は、今こんなふうに季節のセレモニーとしてしか、なかなか聞けないかもなと思い、そのシーンを作りました。

わび・さびのかけらもない句ですが、句会で好きな句として選んでくれた人がいました。田植唄の現在を詠んでいる、と。古い季語を、懐旧としてでなく、今の私たちの目の前にありありと在るように詠む。シーンを立てる訓練になります。

●季語は詠まれるのを待っている

歳時記にある季語は、詠まれるのを待っていると思います。

今の生活からはもう消え去ってしまったものも、俳句に詠まれることにより、私たちの代で絶やすことなく次の代につなげていくことができるのです。

逆に、今はまだ季語として認定されていないものも、私たちがたくさん詠めば、この季節を表すものとして歳時記に収録され、次の代に伝えられていく可能性だってあります。

歳時記は、一定期間をおいて改訂されます。例えば、「幽霊」は、ある歳時記には季語として載っていて、別の歳時記にはまだ載っていない、など、季語そのものも変化しています。そのことは意外に知られていないようです。

季語は、どこか知らないところで決められた約束事ではありません。俳句に親しむ人たちが、共感を得る句を多く詠めば、季語として残ります。今ある季語も、誰も詠まなくなったら消えてしまうかもしれません。

未来の歳時記を作るのは、私たち自身なのです。

そもそも季語とは

第一章の最後に、そもそも季語とはについて、述べましょう。この話を最初にしなかったのは、ただでさえとっつきにくい印象のある季語を、より難しげにしてしまい、興味を失ってほしくないと願ったためです。

正直、季語とは何かを考えなくても、俳句ははじめられます。「季語とは歳時記に載っているもの」くらいにとらえておいて、俳句を楽しむことはできます。一方で「これが季語って、誰が決めたのだろう?」と素朴な疑問を持つ人もいるでしょう。私もそうでした。そんな私が理解している範囲で述べていきます。

季語は、俳句のために考え出された約束事かとはじめ、私は思っていました。けれど、俳句が生まれるずっと前から、ある事物については「この季節のものとして詠みましょう」という共通認識のようなものが、成立していたようです。私たちが高校の古文で習った和歌の時代のことです。

俳句が「生まれる」と書きましたが、私たちが今親しんでいる、五七五の定型詩というかたちの俳句は、明治二十年代に正岡子規《まさおかしき》が考案したものです。

そう述べると「えっ、松尾芭蕉って江戸時代の人ではないの?」と思われるかたは多いでしょう。俳句が成立する前は、「俳諧」という共同制作の詩がありました。誰かが五七五を作ったら別の人が七七、また別の人が五七五と続けて作っていくもので、松尾芭蕉は俳諧の先生(宗匠《そうしょう》)です。正岡子規はその俳諧から最初の五七五(発句《ほっく》といいます)を、それだけで詩として独立させました。

季語という呼び方がされるようになったのも、実は明治時代。最初にこの呼び方が使われているのを確認できるのが、明治四十一年(一九〇八)と聞きました。俳句も季語も、意外と新しいものであることに驚きませんか。ここではその前の時代のことも、季語という呼称で話を進めていきます。

さきに述べたように季語には長い前史があります。平安時代、天皇をはじめ身分の高い人が題を出し、その題で作った和歌を献上することが、貴族の間で盛んになりました。もっとも重んじられたのは、花、時鳥《ほととぎす》、月、雪、紅葉です。百人一首で遊んだ記憶からも「たしかに、それらを詠んだ歌が多かったな」とうなずけることでしょう。そこでは例えば、月といえば秋、もちろん年中空にあるけれどももっとも月らしいよさのあるのは秋、という共通認識が次第に定着してきました。代表的な『古今和歌集《こきんわかしゅう》』のはじめの方は、季節別の構成ですが、例えば春の部をひもとくと、鶯、若菜、霞《かすみ》、柳といった事物を詠んだ歌が並んでいます。平安貴族の美意識に選びとられたものといえます。

鎌倉から室町時代に、「連歌《れんが》」という形式の詩が生まれます。ご存じのとおり和歌は五七五七七ですが、連歌はある人が五七五を作り、別の人が七七を付けて、それを受けてまた別の人が五七五というように、次々とつなげていくものです。共同制作ですから、約束事が必要になります。最初の五七五(発句)は、ともに作る人がそのときその場に集まったことのあいさつとして、その季節らしいものを詠み込むのが決まりとなりました。また付けていく句も、季節が無秩序に行ったり来たりするのはよくないので、このあたりで秋を詠む、秋を表すのはこういうもの、と定めていきました。連歌におけるそれらの決まりを集大成したのが『連歌至宝抄《しほうしよう》』で、そこでは例えば春雨といえば静かなように詠む、といったことまで、かなり細かに書かれています。数としては、三百有余の季語が載っているそうです(『俳文学大辞典』角川学芸出版)。美意識としてはまだ、平安貴族の雅なものを愛でる心性をはみ出てはいませんでした。

●江戸時代に広がる季語の世界

江戸時代には俳諧が盛んになります。連歌と同じく、五七五、七七を共同制作で詠んでいくものです。連歌のくだけたものとして、もとは余興で行われていましたが、室町末期から流行し、次第に連歌とは別のものになっていきました。

そこでは和歌の貴族的な美意識から解き放たれて、俳諧の担い手である庶民の生活に即した事物を、積極的に詠むようになります。「猫の恋」のような卑俗でユーモラスなもの、「大根引《だいこひき》」のような鄙《ひな》の事物、「土用干《どようぼし》」のような人々の暮らしに根ざしたものも、季語に加わっていきました。

幕末刊行の『増補改正俳諧歳時記栞草《しおりぐさ》』に収録されている季題は、三千四百二十余に及ぶそうです（『俳文学大辞典』）。『連歌至宝抄』の三百有余を思えば、江戸時代にいかに季語の世界が押し広げられたかがわかります。

伝統に縛《しば》られず、身の回りの日常的なものに、その季節らしさをみいだして、生活実感に即して詠む。私たちからすれば「昔の人」である江戸時代の人々も、そのときのリアルを詠むことに、果敢に挑戦し、季語の世界を拡充してきたといえるでしょう。

そして先述のように、明治時代に正岡子規が「俳諧」から発句だけ切り離して、俳句として独立させました。七七と続けることを考えず、五七五だけを詠むのです。子規は連歌や俳諧を収集し、読み込み、分類してみるなどの研究をしました。研究の結果、五七五だけで詩として成立すると確信したのでしょう。その際に、俳諧の発句における約束事、そのときの季節のものを詠み込むという決まりを、子規は残しました。

明治時代以降も、季語は増えています。「夜の秋」が代表例です。歳時記の説明では〈古くは秋の夜と同じ意味であったが、近代以降、夏の季語として使われるようになった。晩夏になると夜はすでに秋の気配が漂うことをいう〉。秋という字が入っていても、夏の季語なのです。

そこだけ抜き出して語れば、「だから俳句はややこしい」と反発をおぼえる人もいるでしょう。「秋の夜は秋の季語で、夜の秋は夏の季語？　覚えきれない」と嫌になるかもしれません。

でも、わざと難しくしているのではありません。ましてや「知っている人だけ楽しめればいい」というような排他的な遊びにしているのではありません。俳句を作る人たちの自然な欲求、「ああ、夏の盛りも過ぎて、夜には少し涼しくなって、ほっとする。これを言うのに、従来の季語では物足りない。何かないか」という欲求から、「夜の秋」をそのように使って詠んでみた。すると、多くの人の共感を得る句ができ、他の俳人もそれに続いて、夏の季語として定着した。そのように想像します。

昭和の時代にも、名句が季語を作ったといわれる例がありました。夏の季語「万緑《ばんりょく》」です。

万緑の中や吾子の歯生《はそ》え初むる　中村草田男《くさたお》

木々の緑が深まり生命力に溢れるようすのことで、吾子《あこ》、すなわちわが子の成長とシンクロしています。もとは漢詩の中の言葉ですが、草田男が用いて一般化し、今ではよく詠まれる季語です。そうした挑戦の積み重ねが、現在その数八千ともいわれる季語の世界をかたちづくっているのです。

俳句は「短い和歌」ではありません。日本人の古くからの季節を愛でる心と、無関係ではもちろんないし、季語の世界の中心には脈々とそれが受け継がれているけれど、それ「だけ」ではないことを、季語の変遷からも、感じていただけたでしょうか。

●季節を迎えにいく意識

俳句では、今の季節の季語を詠みます。では、季節をどこで区切るのでしょうか。

春　立春（二月四日頃）～立夏（五月五日頃）の前日まで。
　新暦では、ほぼ二月、三月、四月にあたる。
夏　立夏～立秋（八月七日頃）の前日まで。
　新暦では、ほぼ五月、六月、七月にあたる。
秋　立秋～立冬（十一月七日頃）の前日まで。
　新暦では、ほぼ八月、九月、十月にあたる。
冬　立冬～立春の前日まで。
　新暦では、ほぼ十一月、十二月、一月にあたる。
新年　季節としては冬。新しい年の始まりを、独立して区分する。

暑さの盛りの八月のほとんどは、すでに秋で、まだまだ寒い二月はもう春です。季語は旧暦をもとにしているから無理がある、などといわれます。が、俳句をしていると、私たちが季節の中に感じることと、それほど外れないのではとも思います。
句会で先生に「立秋を過ぎたら、暑い中にも秋を探しましょう」と言われたことがあります。

基本的に、前を向く。後ろは振り返らない、というのが俳句をする上での季節と向き合う姿勢です。桜が満開になっているのに、咲き初めや三分咲きの様子を詠むことはしません。

「探梅《たんばい》」という冬の季語があります。まだ冬だけれど、春を待ちかね、早い梅が咲いていないかとこちらから探しに出かけるのは、前向きの姿勢そのものです。

季節を迎えにいく姿勢が、俳句にはだいじ。そう聞いてから私は「こんなに暑いのに、秋の季語なんて無理」と、俳句を作れない理由をそのせいにするのを止《や》めました。止めてみると、季語になっているものがみつかるようになるものです。

俳句だけではないのでしょう。初鰹《はつがつお》や新茶など、はしりのものをよろこぶ文化が、日本にはありそうです。ファッションも八月には早くも「秋色夏素材」などと銘打って、生地は薄くても、色は秋らしい服が店頭に並びます。

そんな習慣がもともとあるから、暦の違いはあっても、季語とすぐ仲良くなれるのだと思います。

チャレンジ！季語クイズ

天文から動物、植物まで、季語は八千前後もあるといわれます。クイズ形式で豊かな季語の世界をのぞいてみましょう。

〈問題①〉

Ⓐから Ⓕの四つの季語には、ひとつずつ季節の違うものが混じっています。どれでしょう。

Ⓐ 熊《くま》　狐《きつね》　猪《いのしし》　兎《うさぎ》

Ⓑ 亀《かめ》鳴《な》く　羊の毛刈る　猫の恋　馬洗ふ

Ⓒ とろろ汁　納豆汁　粕汁《かすじる》　根《ね》深《ぶか》汁

Ⓓ 遠足　石鹸玉　相撲　風車《かざぐるま》

Ⓔ 蒲団《ふとん》　障子　甘酒　寝酒

Ⓕ 噴水　村祭　冷奴　香水

〈問題②〉

Ⓐから Ⓗの四つの言葉のうち、季語でないものがひとつずつあります。どれでしょう。

Ⓐ 春の馬　春の犬　春の猫　春の鹿

Ⓑ 夏の浜　夏の夢　夏の宵　夏の雲

Ⓒ 秋の蝶　秋の蠅《はえ》　秋の蝉《せみ》　秋の蜘蛛《くも》

Ⓓ 冬の月　冬の星　冬の虹　冬の花

Ⓔ 春コート　春ショール　春シャツ　春セーター

Ⓕ 夏暖簾《のれん》　夏帽子　夏蒲団　夏障子

Ⓖ 秋近し　秋嬉《うれ》し　秋涼し　秋暑し

Ⓗ 冬紅葉　冬大根　冬苺《いちご》　冬牡丹

●答えと解説は次のページにあります

〈答えと解説〉

〈問題①〉

Ⓐ猪(秋)　他の三つは冬
Ⓑ馬洗ふ(夏)　他の三つは春
Ⓒとろろ汁(秋)　他の三つは冬
Ⓓ相撲(秋)　他の三つは春
Ⓔ甘酒(夏)　他の三つは冬
Ⓕ村祭(秋)　他の三つは夏

動物の多くは狩猟の季節である冬の季語ですが「猪」は秋に人里に現れます。「馬洗ふ」は汗を洗い流してやること。「とろろ汁」は自然薯《じねんじょ》のとれる秋の味。「相撲」は古代、宮中で秋に行われました。「甘酒」は江戸時代の夏バテ対策飲料。「村祭」は収穫祭の性質を持ちます。ことがらの意味や背景を考えると、つかめてきます。

〈問題②〉

Ⓐ春の犬　Ⓑ夏の夢
Ⓒ秋の蜘蛛　Ⓓ冬の花
Ⓔ春シャツ　Ⓕ夏障子
Ⓖ秋嬉し　Ⓗ冬大根

犬以外の三つは、春に仔《こ》が生まれる、角《つの》が落ちるなどのようすが印象的です。蜘蛛以外の三つは、秋が来ると弱々しくなる哀れさを詠まれてきました。俳句で「花」といえば桜。春はまだ、シャツが目につく季節ではありません。「障子」は冬の設《しつら》えで、夏は葭戸《よしど》に入れ替えます。「大根」は冬と言わなくても冬の季語。季節の名を冠して季語になるかは、その季節に特徴的なようすがあるかから考えます。

第二章　こんなに豊かな季語の世界

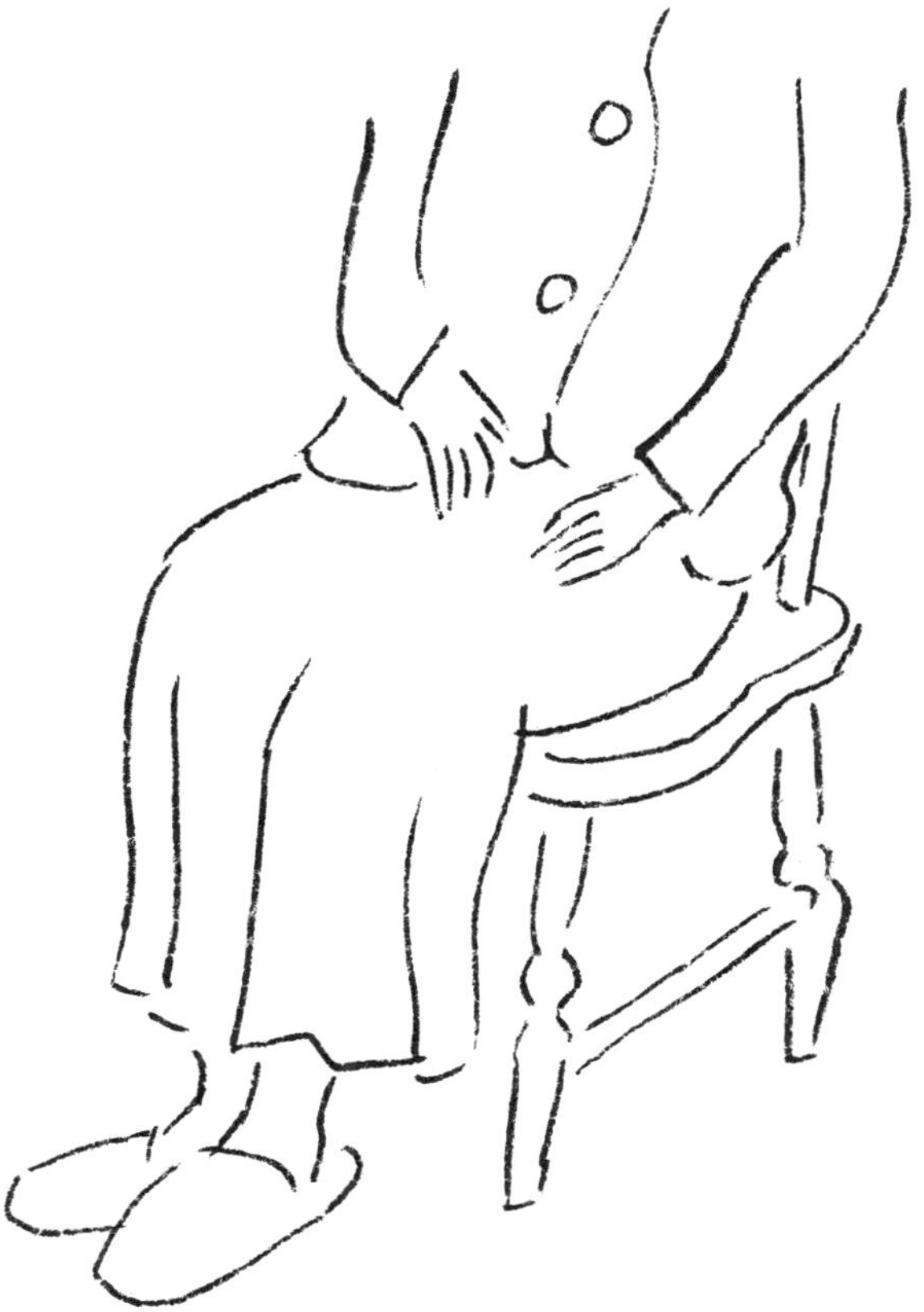

季語の「本意」を知る

第一章を通して、季語というものを身近に感じていただけたでしょうか。私たちは日常の暮らしの中で、季語に親しんでいます。平安時代の和歌の美意識を受け継ぎつつも、江戸時代に庶民の生活文化も加わって、現代の私たちの感覚も取り込んで、変化しているもの。古くさい決まり事ではなく、常に更新されていくのです。

この章では、実際に俳句を詠《よ》もうとするときに、どのように季語に向き合うかを考えていきます。十年近くの間、幸いにも、さまざまな俳人のかたがたの句会に出る機会に恵まれました。そこで学んだことをお伝えします。

何かが心に響いたとき、「この思いを句に表現して、伝えたい」という気持ちになったとします。その思いが強いほど、思いそのものの方に重きを置いて、季語を軽んずる、とは言わないまでも、「脇役」のように無造作に置いてしまいがちです。

でも季語をぞんざいに扱ってしまうと、自分の中では「主役」のつもりでいたことまでも伝わらなくなることが往々にしてあります。

私も俳句をはじめたときは、季語は「入れるのが決まりだから、とりあえず入れる」くらいのつもりでいました。ですが、ある俳人のかたに、

「季語を置くのではなく、働かせなさい」

と言われ、はっとしました。

再び「春雨」という季語を例にとれば、何冊かの歳時記を開いても〈古くからしっとりとした趣のあるものとして詠まれてきた〉〈静かに降る〉といった解説がなされています。

自分は土砂降りの雨にあい、それがたまたま三月だった。そのときの思いを句に詠もうとして、三月は春、春の雨だから、季語を「春雨」としてしまうと、土砂降りの雨に打たれた思いは、伝わりません。

「春雨」という季語には、しとしと降るという共通認識があり、「春雨」という季語が句の中にあれば、その句を読む人の眼前には、静かな雨が立ち上がるからです。

この共通認識のことを、俳句では「本意」といいます。〈詩歌の伝統の中で公認された、対象の最もそれらしい在りかたをいう〉と『俳文学大辞典』にあります。公認というと、形式張った感じですが、古い時代から受け継がれてきた、「春雨」といえばこういうもの、とのイメージと考えていいでしょう。

別の句会で、私が蝶を詠んだ句を出しました。

冬の蝶互ひの羽をくぐり合ふ

十一月の句会です。句会の場所となった家の庭を、二頭のモンシロチョウがしきりに上下を入れ替えながら飛んでいたので、そのままを句にしました。十一月だから冬だな、季語は「冬の蝶」でいいなと。

すると、句会の指導者である俳人のかたの言うに、この句がだめというわけではない、たしかにそのように飛んでいたのだろう、しかし俳句を長くしている者が読んだら、このようすは春の蝶。冬の蝶とあれば、じっとしているようすを思い浮かべる、と。

歳時記で調べると、「冬の蝶」は〈寒さで凍えたようにじっとしている蝶を凍蝶《いてちょう》という〉と、「凍蝶」という傍題（言いかえ季語）もあるほどです。動かないのが、本意なのです。

俳句では蝶といえば春なので、わざわざ「春」を付けなくても「蝶」そのものが春の季語です。「夏の蝶」「秋の蝶」という季語もあり、「夏の蝶」はアゲハのような大型で美しいものがゆったりと舞うようす、「秋の蝶」は、姿も弱々しく、飛び方にも力がなくなる、と解説されています。

蝶であっても、季節によって本意は異なるのです。

もちろんその俳人も言うように、冬に、しきりに上下しながら飛んでいるモンシロチョウを詠んでいけないという決まりがあるわけでも、禁じられているわけでもありません。事実、俳人の中には「季語の本意にとらわれるな」と主張する人もいます。さまざまな考え方があっていいと思います。

でも心しておかないといけないのは、俳句に親しむおおかたの人は、人の作った句を読んで「冬の蝶」とあればじっとしているようすを、まずイメージします。そのイメージをいったん壊し、表現したい別のイメージを、読む人の眼前に打ち立てるまでを、十七音の中でするのはたいへんです。だめというわけではないけれど、表現したいことを伝えるには、かなりの力業が必要そうです。

力業をかける覚悟があるなら別として、ただ十一月だから「冬」の語を安易に「蝶」につけてすますという置き方はすすめられません。

でも案外、してしまいがちなのです。春の明るい昼間、スキップしたい気持ちになることがあって、その句につい「春の昼」と。後から歳時記で調べると、「春昼《しゅんちゅう》」の傍題で〈うとうとと眠りを誘われるような心地よさだが、どことなくけだるさも感じる〉。

歳時記の目次だけ見て「春の昼、よし、あった」ととびつかず、解説で本意を確認します。そのひと手間をかけることで、季語も、本意もだんだんに身についてくるのです。あえて本意と異なる使い方をするのは、身についてからだと思います。

●なるべく「見出し季語」を使う

季語の本意の力を最大限に借りるには、「見出し季語」を使うのがよいのかもしれません。これも俳人のかたから言われたことです。

「見出し季語は強い。それに対して傍題は、見出し季語よりは弱いから、考えて使うように」

傍題とは、見出し季語のバリエーションのようなものです。強い、とは、イメージの喚起力が高いと理解しています。

例を挙げれば、歳時記で「梅」を引くと、傍題がたくさん並んでいますが、なんといっても「梅」がいちばん強いのです。「花の兄」「好文木《こうぶんぼく》」などいろいろあり、音数の都合、あるいはちょっとした出来心で、そちらを使ってみたくなりますが、読む人が持っている梅のイメージのどまん中に響くのは、やはり「梅」なのです。傍題にしたい、よほどの理由がない限り、私は「梅」で詠むようにしています。

イメージの喚起力は、先人からのイメージの蓄積の大きさによるのでしょう。例えば冬の季語である「加湿器」は、見出し季語「湯気立て」の傍題で、その二つを比べてみても感じられます。ただ今の私の生活には、「湯気立て」はないので、弱いことを承知で、「加湿器」の句に挑戦していくつもりです。

季語の強さについては、「形を変えない方が強い」とも聞きました。春の季語で「水温《ぬる》む」というものがありますが、動詞を活用させて「温みたる水」とするのは、力を弱める、あるいは間違いである、とする人もいます。春の季語「花冷え」を、四音で据わりが悪いからといって「花の冷え」と「の」を入れてしまうのも、私の出ている句会では、誤りとされます。

四音の季語の後に「や」をつけるのは、前章で述べたように、問題はないです。ただし下五《しもご》では「季語」＋「や」の形はとりません。

入れ替えてみてわかること

第一章では次の二つの型を試しました。

モノを含む十二音を固定し、季語を空欄に入れ替えてみる。

（　季語　）ショルダーバッグ（＝モノ）下ろしたる

季語を含む十二音を固定し、モノを空欄に入れ替えてみる。

冬の夜（＝季語）の膝の上なる（　モノ　）

今回はさらに進んで、モノ、季語の二つを空欄にしておきます。

掌《てのひら》に（　モノを含む七音　）（　季語を含む五音　）

モノとするのは、シーンを立てるには具象性がだいじだと思うからです。膝の上に置くのに「母の愛」「夢ひとつ」は漠然として、読む人にシーンが見えないと述べました。あなたの思い浮かべるのは、どんなシーンでしょうか。そのシーンの中心となるモノを決めましょう。モノが決まったら、季語を選びましょう。季語は何でもいいのですが、歳時記をお持ちでないかたのために、春夏秋冬の季語の例を三つずつ挙げておきます。語を探し当ててみましょう。中七《なかしち》は、私の思いついた例です。

季語　例
春　猫の恋　風光る　春の宵
夏　夏の朝　花火　金魚売
秋　栗南瓜《くりかぼちゃ》　秋の海　踊《おどり》
冬　雪催《ゆきもよい》　冬座敷　霜夜《しもよ》

モノを含む七音　例
サイコロひとつ
文化包丁
リード巻きつけ
ボールペンの字
指はえてゐる

掌にサイコロひとつ秋の海

「サイコロひとつ」というモノは、ゲームをしているところとも、比喩的に運命の分かれ道に立っているところとも、いろいろなシーンが立ちそうです。そこへ季語が「秋の海」なら、人の去った浜に立ち、ポケットに手を突っ込んだらサイコロがあった。取り出して、遊んでいた名残として、掌に載せて見ている、といった句になりそうです。

掌に文化包丁栗南瓜

「文化包丁」というモノに「栗南瓜」の季語はピッタリですが、包丁で南瓜を切る、という単なる事実関係になり、イメージが広がりません。

掌に文化包丁雪催

「雪催」は、雲が重く垂れ込めて、今にも雪が降ってきそうな空模様です。「文化包丁」の鉛色と合うことは合います。シーンがやや立ちにくいでしょうか。包丁を持つのは通常は室内。窓から空が見えているのか、雪の気配を感じているのか、何かの理由で包丁を手に外に出たのか。読む人に想像を求めます。

掌にリード巻きつけ猫の恋

「リード巻きつけ」というモノで思い浮かべるのは、ペットの散歩。「猫の恋」という季語は、発情期の雄が雌を求め、追いかけ回したり、争いわめき立てたりすること。飼い猫が巻き込まれないよう、この時期はリードをつけておくのか。シーンとしてあり得るけれど、説明的です。

掌にリード巻きつけ風光る

「風光る」という季語には、まばゆい陽《ひ》ざしが本意にあります。散歩が心地よい季節、犬も元気に走り出しそう。この季語なら、シーンが素直に見えます。

●過去のできごとも、目の前にあるように詠む

モノを含む七音の例の「ボールペンの字」。これもイメージを喚起します。学生時代に宿題や持ち物を忘れないよう掌に書いたことを、思い出すかもしれません。

過去の記憶を詠む、これも俳句ではよくあります。ただしだいじなのは、過去のことであっても、過去のものとして詠まずに、現在とする。今、目の前にあるように詠む、句を読む人の眼前に立つよう詠むことだと、教わりました。

同様のことを言うにも「掌に字を書きし日々」だと、過去を振り返っている句です。「し」は過去を表す言葉ですし、「日々」も漠然としています。

「ボールペンの字」とすると、詠んだ人にとっては過去のシーンでも、読む方には、掌にボールペンで書いた字を、目の前に突き出される感じがします。

具象性はシーンを現在形にする効果があると、私は思います。そのためこの試みでも、モノを含む七音と設定をしているのです。

モノを含む七音の例として最後に挙げたのは「指はえてゐる」。こうした、ちょっとユニークなフレーズを思いつくと、そちらの方に気をとられ、季語への注意がおろそかになりがちです。ここはしっかり、このフレーズと響き合う季語は何だろうと考えます。

掌に指はえてゐる春の宵

シュールという点で合わなくはないですが、「春の宵」の本意にある艶めきや華やぎと、掌をじっと見つめる少し孤独な感じとが、合わないように思います。

掌に指はえてゐる霜夜かな

しんしんと冷え、静まり返る「霜夜」と、じっと掌を見つめて、もの思いの中へ沈降していくのとがシンクロしそうです。

この試みで、モノを含む七音の（　　）に入れたのは、ほとんどが名詞でした。寂しい、心地よい、孤独だ、といった形容詞、形容動詞は入れていません。それでも、それに似た感じは伝わります。それは、季語の力です。

ピッタリな季語を選べば、寂しい、心地よい、孤独だと言わなくても、季語が伝えてくれます。逆に季語の選択を誤ると、仮に寂しい、心地よい、孤独だと言っても、伝わりません。季語を「脇役」のようには扱えないこと、得心していただけたでしょうか。

最適と思う季語の選択をしても、読む人が別のイメージを持つこともあり得ます。何しろたった十七音しかないので、何から何まで自分の頭にあるとおりを、十七音で手渡すことは無理なのです。

別なイメージを、読む人が持ったなら、それはそれでよいのです。季語が、自分の中にはもともとなかった世界にまで、自分の句を連れていってくれた、私を連れていってくれたのだから。

ムードを変える力

再びこの形を使って、別のことを試しましょう。

（　季語　）ショルダーバッグ《＝モノ》下ろしたる

第一章の十八ページでは、次の四つの季語の入れ替えごっこをしました。「春雨」「夏の雲」「秋風」「冬の星」です。異なる季節からひとつずつでした。句会となると、句会のある日の季節の季語で作るので、異なる季節の季語から選ぶことはありません。が、同じ季節の季語でも、季語によってがらりとムードは変わります。例として、夏の季語を四つ用意しました。順に（　　）に入れてみましょう。

炎天　雲の峰　夕涼《ゆうすず》　夏休み

炎天やショルダーバッグ下ろしたる

「炎天」は、俳句以外でもよく使う言葉ですね。ぎらぎらと焼けつくような真夏の空です。燃えるばかりのすさまじい炎天のもとを歩いてきて、消耗し、とにもかくにもバッグを下ろした。実感はありますが、イメージの広がりはそれほどない気がします。

雲の峰ショルダーバッグ下ろしたる

「雲の峰」は、俗に入道雲といわれる積乱雲です。せりあがるようすを山に譬《たと》えて、こう言います。積乱雲に代表される夏の雲は、本意に生命感があります。バッグを下ろして、青空にわきあがる白い大きな雲を仰ぎ、よし、もうひと頑張りと歩き出す。同じ夏の天文の季語でも、伝わるものは「炎天」と対照的ですね。

夕涼やショルダーバッグ下ろしたる

「夕涼」は「涼し」の傍題です。「夕涼み」とは別の季語で、夏の夕方に感じられる涼しさです。「涼し」は、秋の季語かと思いそうですが、夏の暑さの中にあってこそ感じられる涼気のことをいいます。「夕涼」なので、昼間の暑さがやわらいで少しは楽になったのでしょう。重いバッグも肩から下ろした。ほっとした感じが伝わります。

夏休みショルダーバッグ下ろしたる

「夏休み」。こんな日常的な言葉も季語です。行楽地に来たのでしょうか、バッグの中味も飲み物や着替え、遊び道具など、重さが楽しいものに思えてきます。期待感まで詰まっていそう。バッグのイメージまで変えるのも、「夏休み」という季語だから。

この入れ替えごっこでも、季語の力を感じていただけたでしょうか。

●過ぎ去った季節は振り返らない

第一章でも、「季節を迎えにいく」という、季節に対する俳句の姿勢を述べました。夏を例にとっても季節の進行に伴い、それを表すたくさんの季語があります。

春　夏近し
↑　夏隣
夏　夏きざす
↑　夏めく
夏来る
夏に入る
夏惜しむ
夏行く
夏終る

春のうちから「夏近し」「夏隣」といって夏の到来を待ち遠しく思う。夏の終わりに、行こうとする夏を惜しむことはありますが、秋に入った後でもまだ「夏はよかったな」と惜しむことはしません。俳句では「過ぎ去った季節を振り返らない」のです。春の終わりに夏の季語で詠むのは認められるので、立夏直前の句会には、私は歳時記の春の巻と夏の巻を持っていきます。立秋直後の句会に、夏の巻を持っていくことはありません。

置くのではなく、働かせる

季語が「シンクロする」「シーンが立つ」という説明の仕方をしてきました。季語が、一句の中のそれ以外の部分とシンクロしなければ、読み手の前にシーンは立たず、詠み手の心に響いたそのシーンも、そのときの思いも伝えることはできません。

季語は、五七五を俳句らしくするための添え物でも、「5W1H」の「WHEN」のような「いつ」を示すものでも、ありません。

俳句の先生に教えられた「季語を置くのではなく、働かせなさい」とは、そういうことなのだろうと理解しています。

句会では「季語が働いているかどうか」をなるべく考え、句を出すようにしていますが、自分では働かせたつもりが、全然効いていないこともよくあります。その中で、季語が働いていると評された句を、いくつか挙げます。

伊豆石《いずいし》の青々とあり春時雨《しぐれ》

三月のこと。吟行《ぎんこう》句会で大名庭園にみなと行ったとき、ひときわ大きく青みを帯びた石がありました。「伊豆石」という石です。雨に濡《ぬ》れてことのほか青さが美しく見えました。「春時雨」は春の季語です。「時雨」という季語が冬にありますが、晴れていても、さっと降って、すぐに上がり、また降るという雨です。「春時雨」は、その降り方に加えて〈明るさと艶やかさが感じられる〉と歳時記にあります。

同じ三月の雨でも「春の雨」だと、しとしとと降り続く印象があります。「春時雨」はそれと違って、さっと上がって、濡れた石が日に輝く、そして「艶やかさ」が石の艶やかさとシンクロすることで、「春時雨」という季語が働いていると評されました。

三月は春で、三月に降る雨だから「春の雨」と無造作に置いてしまったら、伊豆石は読み手にとって、輝いては見えなかったのです。

大名庭園は、少々古くさいシーンに感じられるかもしれませんが、例えば、お気に入りのエナメルの靴を履いて、雨に降られたシーンでも、濡れた後の輝きの方を言いたいときなどにも通じそうです。

続いて、秋の句です。

黄落《こうらく》や金管楽器奏でをり

「黄落」は秋の季語です。黄葉《こうよう》した銀杏《いちょう》やクヌギなどの葉が落ちることを言います。黄葉は、同じ葉が色づく現象でも、紅葉と違って黄の色が強く印象づけられます。

これも吟行で作った句で、吟行した公園で、誰かが楽器の練習をしている音が聞こえた、公園には黄に色づいた葉をつけた木々があって、折しもきらきらと散っていました。

読んだ人は、きらきらと葉が落ちてくるさまと、金管楽器の音が降ってくる感じとが、響き合うと。「響き合う」とは俳句の鑑賞でよく出る言葉で、シンクロするということです。色としても、黄落の金と、金管楽器とが合っていると。

なにげなく配した季語が、幸いにも働いたのか、あるいは、働いてくれる季語を直感的に選んでいたのかわかりませんが、働いていると評された例です。

ちなみにその人の鑑賞は、「たぶん室内で練習し、窓の外をきらきらと葉が落ちているのでしょう」と。私の見たシーンと、その人が読みとったシーンは異なるけれど、私の見たとおりのシーンが再現されなくても、その人の眼前にもシーンが立ったということは、季語は働いていたのでしょう。

買ひ食ひは楽し襟巻《えりまき》すればなほ

「襟巻」は冬の季語です。傍題は「マフラー」。句会では「寒いのにわざわざ外で食べて、楽しんでいる感じが伝わる」と評されました。おでんか、焼き芋か、もしかしたらお揃いのマフラーで、恋人どうし買い食いしているのかな、と、

同じ冬の季語でも「コート」だと、少し重たく改まった感じになって、そうした浮き浮きした軽さは伝わらなさそうです。実際にはコートも着ていたかもしれないけれど、ここは「襟巻」です。

季語が働いているかどうかは、別の季語と入れ替えてみて、印象の違いを確かめるのもひとつでしょう。

●人に読んでもらうことで季語の意味を発見する

八月のインクのしみの青さかな

季語は「八月」です。立秋は八月初めに来るので、季語としては秋になります。〈日差しは強く暑さもなお厳しい。しかし月の終わりごろになるとようやく秋気が感じられるようになる〉と歳時記にあります。

この季語も、直感的につけたものの、働いているのかどうか、自分ではよくわかりませんでした。が、読んでくださった人の評は、「八月からイメージする、滴《したた》るような空の青さ、雲の白さが、インクと紙とに響き合っている。八月の持っている、恋やひと夏の友情など痛いような記憶が、しみ、とも響き合っている」と。

暑さの盛りでありながら、秋をはらんでいる、ピークのうちに終わりがすでにはじまっている「八月」ならでは、だったのでしょう。人の鑑賞に、季語がどのように働いているかを教えられました。

もしかしたら「インクのしみの青さ」を、別の月に目にしていても、私の心にそれは響かず、句にしようと思わなかったかもしれません。

「八月」という季語とヒットして、詩心が発動されたように、今にして思います。それほど季語の働きは大きいのです。

「八月」の季語で、もうひとつ例を挙げます。

八月の舗装道路の行止り

句会で評してくださった人は、「八月」に行止まり感があるそうです。恋の終わり、遊びの季節の終わり。さきの句のところで述べた、ピークのうちに終わりがすでにはじまっていることと通じそうです。「ピーク」というところが、「舗装道路」と響き合うのでしょう。はじめから閉塞感のある狭い路地ではない、開放感いっぱいの広い、照り返しのまぶしい舗装道路の先に、突然終わりがあるのです。

読んだ人が「この季語はこう働いている」と鑑賞してくださって、はじめて気づく経験を、句会ではよくします。それが季語の本意を、私に教えて、「働いているかどうか」をより考えさせるのです。

「響き合う」ということ

季語が働くことに関係して、印象的だったことがあります。ある俳句の先生が「秋風」という季語を入れた句を募ったら、「墓がどうとか、亡き人がどうとか、うち捨てられた小舟がどうとかばっかりで、嫌になった」と言っていました。

「秋風」の本意を寂しいととらえ、それに合わせた内容の句ばかり来たというのです。「秋風」を歳時記で引くと、秋に吹く風いっさいを指し〈しみじみとした趣がある〉とあります。

ひと口に秋といっても、八月から十月までと長く、季節が進むにつれて、秋風のイメージも変わります。

初秋には、うだるような暑さを、ようやくくぐり抜けてきたことへの感慨があるでしょう。かつては夏は疫病の季節でもありました。仲秋《ちゆうしゆう》にはすがすがしさと同時に、どこか空っぽなところがあるような、少し頼りないような感じがするでしょう。天は高く、月は煌々《こうこう》と照る時期です。そして晩秋ともなれば、野面《のづら》を渡る冷たい風は、蕭条《しようじよう》と草をなびかせ、木の葉を散らし、もの悲しさを深めていきます。

それらをひっくるめての「しみじみとした趣」が、本意でしょう。寂しさも含まれるけれど、本意の一部であって、全部ではありません。

さらにいえば、季語の本意をそのまんまなぞるような句は、必ずしもよい句ではないとされます。詠み手は「秋風」を寂しいと感じ、それをもとに句を作るにしても、例えば、

秋風や墓の後ろの水たまり
秋風や郵便受けに故人の名
秋風や小舟は浜に忘れられ

といった「いかにも」寂しいものを配するのは、本意を生かすことにはならないようです。

私ははじめ、こうした句は「秋風」と合っているから、よい句だと思い、句会でもそうした句を選んでいました。「秋風」の本意をふまえた、いかにも秋風らしい句であるとして。けれど、同じ句会に出ている、俳句に長く親しんでいる人は、そうした句を選ばないことに気づきました。

寂しい季語×寂しい情景では、発見がないからだろうと思います。「いかにも」は「い

かにも」止まりであって、それ以上に世界が広がりません。たくさん来たと、俳句の先生が言うように、誰もが思いつく情景でもあるでしょう。

「響き合う」という言葉が俳句の鑑賞でよく出ると、述べました。響き合いが成立するのは、二つの間にある程度距離があってこそです。音になぞらえても、そうでしょう。二つがべったりとくっついてしまっていては、響き合いは起こりません。

響き合うとは、何も関係がなさそうなのに不思議と通じるものがある、ということです。まさしくシンクロです。「秋風」から、すぐには思いつかないようなものを配したら、意外と通じるものがあった。誰も思いつかなかったけれど、言われてみれば、「あ、たしかに、そうだ」と誰もが思える。

それが発見だと思います。意外性と同時に、多くの人がうなずける共感性を兼ね備えているのです。

「いかにも」になりそうな例を、もうひとつ挙げましょう。前章でこの句を紹介しました。

冬の星ショルダーバッグ下ろしたる

この季語が「冬の雲」だったらどうでしょうか。

冬の雲ショルダーバッグ下ろしたる

「冬の雲」というどんよりと重いもの×重いショルダーバッグでは、合うことは合うけれど、やはり世界は広がりません。冷気の中で輝く「冬の星」のときのような、再び歩きはじめようという澄んだ決意はなく、重くて下ろした、で終わってしまいます。

寂しい季語だからといって、季語以外の部分まで、寂しいものにしなくていい。季語が言っていることを、重ねて言わなくてもいいのです。

ましてや季節感を、季語以外の部分で表そうと、無理する必要はありません。季語そのものが、充分語ってくれます。

経験を超えて

本意の話から離れて、ここで別な角度から、季語とのつきあい方を述べましょう。

歳時記の目次を開くと、知らない言葉だらけです。特に「生活」のカテゴリーに多いです。「砧《きぬた》」のような古いものについては、前章で述べました。途絶えそうな生活文化を未来につないでいくためにも、挑戦しましょうと。

その他に、時代でいえば必ずしも古くなく、同時代の今も行われているのかもしれないもので、自分では「見たことも、したこともない」季語がたくさんあります。都市部に住んでいる私には、農業、漁業、林業などの第一次産業に関わる季語は、どう取り組めばいいかわかりません。

「干瓢《かんぴょう》剥《む》く」「天草《てんぐさ》採《と》る」「麦踏」……。「羊の毛刈る」に至っては、日本の牧畜人口から考えても、「俳句を詠む人で、これをしたことのある人どれくらいいるんだろう」と思います。

私が参加しているある句会では、こうした「見たことも、したこともない」季語をあえて詠んでいます。来月までにこの季語で作ってきましょうという、お題として出すのです。

自分にとってリアリティのない季語でも、詠まなければならないとなると、想像力を振り絞って、なんとかしようとします。想像よりも「妄想」に近いかもしれません。同じ句会の仲間で、生まれたときからやはり都市部に住んでいる人が、

「私にとって歳時記に載っているものの八割くらいは、妄想季語だわ」

と言っていたのは、よくわかります。

でもそうした、実感では絶対に作れない季語にあえて挑戦することで、俳句を詠む力はじわじわと鍛えられる気がします。マラソン選手に高地トレーニングというものがありますね。酸素の薄い環境で走り込むことで、パフォーマンスを高めるもの。ピンとこない季語は、この高地トレーニングに似た訓練になります。

季語から自分で選べるときはどうしても、「詠めそうな季語」で作ります。実感のあるもの、思いを乗せられるもの、記憶の中のシーンでなんとかなりそうなもの。いわば、内側にあるものです。

前述の季語は、もともと自分の内側にあるものでは対処できません。題として出たときは「絶対詠めない」と思う。無茶ぶりです。

無茶ぶりされてこそ、自分の中の既存のものでは対処できないことに迫られる、無茶ぶ

りに応《こた》えてこそ、自分の知っている自分を超える経験ができる。その面白さを味わうと、止められなくなります。

この本を読んでいるかたにも、歳時記の目次に並ぶ「見たことも、したこともない」季語の数々に、「こういうのまで知らないと、俳句って詠めないの⁉」とひるまないでいただきたいと願っています。俳句を長くしている人でも、知ってはいません。そう思えば、知らない季語にも、積極的に関わっていく気になれます。

無茶ぶりですから、もちろん失敗はします。「木流し」という題のときなど、私は惨憺《さんたん》たる結果でした。

歳時記で調べると、春の季語。〈冬の間に伐採した木は積雪などを利用して谷間に集めておく。そして春先に雪が解け始めると筏《いかだ》に組み、水流を利用して川下に流すのである〉と解説にあります。当然ながら、読んでもピンと来ません。

インターネットで「木流し」の動画を検索すると、ありました。その動画では、堰《せき》を切ると、高低差のあるところを水がどっと滝のように落ち、溜《た》めてあった材木が一回転するぐらいの勢いで放り出され、白く波立つ急流のまっただ中へ突っ込んでいきます。木が単に流れていくというよりも、もっと激しいようすです。

歳時記を再び見ると、「木流し」は見出し季語で、傍題に「堰流し」があったので、そちらを使うことにしました。

白波へもんどり打つて堰流し

この句は、句会でまったく点が入りませんでした。点が入るとはどういうことか、のちに句会のところで述べますが、要するに、共感した人はいなかった、読んだ人の前にイメージを結び得なかったということです。

他の人の句を読むと、その妄想力に感嘆しました。筏に乗っている人が風の中に雪の匂いを感じたとか。なるほど、急流を下る筏に乗れば、風を顔に受けるでしょう。山深い谷のこと、周囲にはまだ雪が残っているでしょう。筏に乗ったら、両側の切り立った崖の上に青空が開けていた、という句もありました。

「みなさん、現場に行ってきたんですか」と聞きたくなるほど。「見てきて、してきた」ような句ばかりです。

失敗談だけでは、私が学んできたことへの信頼がなくなってしまうので、妄想力を発揮できた例も挙げましょう。

「注連貰《しめもらい》」という題で作ったときです。題が出たとき、どう読むのかも、それが植物なのか何かもわかりませんでした。

新年の「行事」の季語で、歳時記の解説には〈門松を取り外し注連飾りを下ろす日に、子供たちがそれを貰い集めて歩くこと。左義長《さぎちょう》で燃やすのである。農村などでは、子供たちが歌ったりはやしたりしながら賑やかに注連を貰い歩き褒美をもらう〉。「左義長」とは何ぞや、と調べると、同じく新年の「行事」季語で、傍題に「どんど焼」とあります。正月の松飾りや注連飾を燃やす行事です。

「どんど焼」なら、したことはないけれど、「注連貰」よりはまだイメージしやすいです。「どんど焼」をするため、注連飾を集めて回るということと、解説中の「子供たち」の一語から、妄想をふくらませます。小学校の行事として「どんど焼」をする、そのために近所の家々を回るけれど、こういうご時世、玄関の呼び鈴をただ鳴らしても、誰も出てきてくれないだろうから、「○○小学校から来ました」とまず言うように、学校で教えられ、それを忠実に行っている子どもの姿をイメージし、次の五七五にしました。

学校の名をまず言ひて注連貰

これは句会で「まるで見てきたかのようね」と評された、うれしい句です。季語の中には、自分だけでなく、世の中の誰ひとりとして「見たことのない」ものもあります。「竜淵《りゆうふち》に潜《ひそ》む」が、その例です。

秋の「時候」の季語で、中国の古代の字典『説文解字《せつもんかいじ》』に、竜は「秋分にして淵に潜む」とあるのにもとづいて、水も神秘的なまでに深く澄み、静謐《せいひつ》さをたたえる頃を言うようです。ご存じのとおり、竜は架空の動物。絵に描かれた姿しか、見たことはありません。実感ではどうしようもないので、中国古代の道具である、脚付きの鍋「鼎《かなえ》」を持ってきて、

竜淵に潜む鼎は青錆《さ》びて

青銅器の色が竜の色と、三本なり四本なりある脚が、竜の爪と響き合うかと、このように詠みました。これも句会で選んでいただけた例です。

見たこともない季語には、臆するけれど、逆にいえば、俳句を長く作ってきた人もたぶんあまり見ておらず、その点で差がつきません。ハンデは同じ、という気楽さが挑戦へと私を促します。

これも季語だとは！

季語の中には、「これも季語だとは！」と驚くようなものもあります。例えば「すててこ」は、夏の季語です。冬の季語には「股引《ももひき》」もあります。すててこも股引も、昭和の遺物というか、もうあんまり言わない言葉。絶滅する運命にある季語かと思っていたら、近年ファストファッションの会社がカラフルなすててこを売り出して、ポピュラーになりました。股引も防寒レギンスを股引とすれば、まだまだ詠まれそうです。

俳句は伝統的な詩形だから雅なものを詠む、という先入観は、ここでも覆されます。「ごきぶり」「くしゃみ」「着ぶくれ」などの滑稽なものも、季語にはたくさんあります。「ごきぶり」は夏の季語、「くしゃみ」「着ぶくれ」は冬の季語です。

こうした季語があるのが、俳句の楽しさですが、滑稽な季語を詠むときは、どうかすると、狙いがわかりすぎる句になりがちです。滑稽さを強調しておかしみを出そうとする、あるいは逆に滑稽さの中の哀《かな》しみを表現しようとする、さらにはそれを自画像として描く、といったふうに。

へんてこな季語で作るときの、難しさです。

俳句では、あざとさは嫌われます。江戸時代の俳諧に親しんできた人は、おかしみが持ち味の印象があるかもしれませんが、作為に対して俳句はより厳しいと、私は感じています。初心者のうちは、こうした季語は、より力を抜いて詠む方がよいように思います。ごきぶりを追い詰めて、急に飛ばれて、ごきぶりが飛ぶことを知らなかったならば、驚きをそのまま五七五にして。

ごきぶりが壁から壁へ飛びにけり

「けり」には「……だなあ」という詠嘆の意味があるので、驚いた、と言う必要はありません。

名句とはいえませんが、「見たまま」は俳句の原点です。嫌われ者の宿命、のような詩情めいたものを詠み込まなくても、スタートラインに立てています。さらにいえば、詩情は季語にすでにあります。へんてこな季語であっても、そこには、ごきぶりという生き物のありよう、それに向ける人間の思い、それらの総体としての詩情が、すでに含まれているのです。

●「長い季語」、どうする？

季語の中には音数が多く、「いったい十七音の中にどうおさめるの？」と思うような、長いものもあります。

例えば「バレンタインの日」。傍題は「バレンタインデー」。春の「行事」の季語です。季語には、こんなカタカナ言葉もあるのです。長くて困るからといって、「バレンタイン」と省略してはいけません。それだと人の名（ローマの司祭、聖バレンタインの名）で、行事にはなりません。行事を詠むなら、「バレンタインの日」「バレンタインデー」あるいは「バレンタインのチョコレート」とします。

バレンタインのチョコレートは、それだけで十七音のうち十二音がとられてしまいます。残る五音をどうするか。

下駄箱にバレンタインのチョコレート

学生時代に誰もが経験していそうな、思い出のシーン。これから入れようとしているときめきか、入っているのをみつけたときの驚きか。鑑賞は広がります。

二個渡そバレンタインのチョコレート

本命の人と別にもうひとり、渡す相手がいるのでしょう。悪女のようですが、義理チョコならあり得ます。ほんの少しシニカルだけど、楽しさもあります。

もうひとつ長い季語の例として「勤労感謝の日」。冬の「行事」の季語です。バレンタインデーと違い、この日に何か特徴的な行動をするとか、街のようすがこう変わるといったものがなく、イメージできるものが少ないです。歳時記の解説にある「勤労を尊ぶ」「新嘗祭《にいなめさい》が起源」あたりをとっかかりにしようにも、漠然としていて、詠みにくい季語です。こちらは九音。残り八音を、私はこうしました。

前掛けのリボン勤労感謝の日

シーンが立って、働く女性なりを勇気づける句に、なんとかなったでしょうか。前掛けは、感謝のしるしに贈られたエプロンかもしれません。

長い季語で作ることも、俳句を詠む力を鍛えます。

詠み尽くされることはない

見たこともない季語、「これも季語」と驚くような季語もあれば、それこそ和歌の時代から詠み継がれてきた季語もあります。「梅」「桜」などは、その代表。時代とともに、年輪のように広がってきた季語世界の、中心に近い部分にあるものです。

歳時記を引くと、例句がずらりと並んでいます。どれも「なるほど、よく言ったものだ」と感嘆する名句ばかりで、「こうなると、もうどう詠んでも、すでに誰かが詠んでいるに違いない」と思えてしまい、詠む気が失せてしまいそうです。これらに付け加えることは、もう何もなさそうで。

それでも、いえ、それだからこそ詠みがいのあるのが、こうした季語です。月例の句会を仕事で休んでしまうこともありますが、梅と桜の吟行句会は、可能な限りやりくりをして参加するようにしています。

詠みがいがあるといっても「先人よりうまく詠んでやろう」という欲はありません。「誰も詠んでいない句を詠める」とも思えません。

似た着想のことを「類想」、先行句に似た着想のものがあることを「類想（または類想句）がある」と、俳句ではいいます。句会に出して、「悪くはないけれど、類想がありそう」と言われ、調べると、たいていは誰かしらが似たような句を詠んでいるものです。「梅」や「桜」などの大きな季語、歴史の古い季語は、詠まれた数が膨大なので、類想は避けようがありません。作りながら「類想があったかも。先人の名句が頭の中に入っていて、それにならっているだけかも」と思いはじめたら、一句もできません。

そうした迷いに対し、句会で、ある人は言いました。

「類想かどうかなんて考えず、とにかくどんどん作ること。喩《たと》えれば、蛇口を開きっぱなしにするようなもの。最初のうち出てくるのは、蛇口の中に溜まっていた古い水」。古い水とは、先行句のいろいろな刷り込みが付いている句のことです。「それでも、どんどんどんどん出すうちに、残っていた古い水は出きってしまい、新しい水になる」。新しい水の供給源は、自分でしょう。

たしかに、頭の中の先行句のストックは、たくさん作ればやがて尽きます。それでは対処しきれなくなり、自分の実感をもとにするしかなくなります。

類想をおそれず、とにかく作ればいいのです。

俳人のかたと話すと、梅や桜を見にいけば、やはり過去の名句が浮かぶそうです。「枝々が空を奪い合う。たしかにそうだな。よく言ったものだな」というふうに、頭の中は名句のリフレインだらけになると。俳人のかたでもそうだと聞いて、ほっとしました。

句会によっては、俳句を長くしている人が初心者の句を「類想がある」という理由で否定することを、先生が戒《いまし》めるそうです。ある程度、経験を積んできた人の句に、類想を指摘するのはいいけれど、初心者にはすべきでないと。初心者は読んできた句の数が、句歴の長い人に比べてどうしても少ないので、先行句があると知らずに出すし、そうした句を類想という理由で片っ端から退けられると、心が折れてしまうからでしょう。あるいは、蛇口の中の古い水を、今まさに出しているところなのかもしれません。

●力が抜けたときに良句が生まれる

私もはじめ桜を詠むときは構えがあって、変に工夫を凝らそうとし、歳時記で確かめると私の詠もうとしたシーンを過去の人がもっとうまく詠んでいて、がっかりすることを繰り返していました。

外を一定時間歩いて、締切までに出す吟行だと、制限時間内に決められた数の句を作らないといけないので、四の五のと言っていられません。そして、力を入れた句より、「間に合わない」と焦って、締切ぎりぎりに苦し紛れに突っ込んだ句の方が、吟行に続く句会で選んでいただけることが多いのです。

次の二句は、満開ではあったけれど雨がそぼ降り、薄暗くて、人の少なく、しんとした大学構内で詠みました。

花冷えの大講堂を出で来たる
花冷えや人ゆくところ灯《ひ》のともり

一句目はほんとうに字義どおり、大講堂をのぞいてみて、誰もいなくて寒く、すぐに出てきたことを、二句目は、やはり誰もいない教室の並ぶ廊下の照明が人感センサーになっていて、自分が歩き進むにつれて順々に点《つ》くことを、詠んだものです。

読む人の心に、何がどう響いたのかはわかりません。が、少なくともシーンは立って、そこに人それぞれの思いを乗せて、味わってくれたのでしょう。

「桜」がどうであると言わなくても、届くことはあるのだと学びました。

「梅」の吟行では、こんな句が選ばれました。梅まつりに合わせて梅の公園へ行きましたが、全体としてはまだ三分咲きでした。

入口がいちばん咲いて梅の園
まだ枝のよく見えてゐる梅林
ひとりづつ来る梅林のベンチかな

こんな何も言っていないような句が共感を得るとは、自分としては拍子抜けする思いです。語られた評は、これはいずれも梅ならでは。桜ではどうかと考えてみると、梅らしさがよくわかる。桜はいっせいに咲くけれど、梅は木によって遅速がある。日当たりのいい入口が、結局いちばん咲いていたとは、よくあること。集まって騒ぐ桜の花見と違って、梅はひとりひとり静かに愛でるイメージもあると。

気負いなく、その場で見たままを五七五にしただけの句が、かえって人に届くことが往々にしてある。誰も目にしているけれど、わざわざ詠もうとしなかったことを、句として差し出されると「たしかにそうだ」と思える。それは俳句らしさのひとつといわれます。梅の季節も桜の季節も、毎年毎年巡ってきます。そのとき、その場ならではの梅や桜に出会えます。それに対し、心を開いておくだけのこと。

先人にどれほどの名句があろうとも、詠み尽くされてはいないのです。

第三章　季語力を鍛える句会

句会は怖い？

ここまで、いろいろな句を取り上げながら、句会で選ばれた、こんな評が出た、といった説明をしてきました。「選ばれるって、どういうこと？」とイメージできなかったかたもいらっしゃるでしょう。

そもそも「句会」とはどういうものかを、改めてご説明し、句会で私がどんな学びを得ているかも述べていきます。

句会に参加するようになる前、家でひとりで作っていた時期がありました。私が俳句と出会ったのは、二〇〇八年にテレビ「ＮＨＫ俳句」という番組のゲストに招いていただいたのがきっかけです。そのときに一句作って持ってくるように言われてから、興味がわき、それから半年間ぐらいの間、月に一句作っては、番組のサイトに投稿していたのです。

けれどその間は、まったくの足踏み状態でした。音数としては十七音にしているけれど、自分の作っているものが俳句になっているのかどうかも、皆目わかりませんでした。そんなとき、知人が参加している句会のお仲間に入れていただくことになりました。

句会とは何かを、おおまかに言うと、次のようなものです。

集まって各人の作った句を、作者が誰かわからない状態で出し、各人が読んで、いいと思った句を互選して、合評《がっぴょう》するもの。詳細についてはこの後、述べます。

さきに述べたように俳諧は、集まって、五七五の発句《ほっく》にはじまり、七七、また五七五と付けていくものでしたが、与謝蕪村《よさぶそん》の頃には、発句だけを詠《よ》む会を行い、互選するようになったそうです（『俳文学大辞典』）。今の句会に近いかたちが、江戸時代にすでに生まれていたのです。

作った句、と述べましたが、いつ作るのか。題の出され方によります。句会の席上で題が出される「席題《せきだい》」。これはその場で、短い制限時間内に作らないといけません。あらかじめ、この題で作ってくるようにと言われる「兼題《けんだい》」。これは前もって準備ができます。前もって作っておけて、しかも題が決められていないケースもあります。「当季雑詠《とうきざつえい》」といい、句会のある季節の季語を何か入れさえすればいい、というものです。

はじめのうちは「当季雑詠」が、いちばん楽そうに思えますが、必ずしもそうでなくなります。ちなみに句会を行う場所は、さまざまです。多いのは公民館の一室、喫茶店に付設の貸会議室。カラオケルームで行うことも、私の参加している句会ではしばしばです。ファーストフード店、ファミリーレストランなど、どこでもいいのですが、三時間くらいかかるので気兼ねがあるし、お互いの声が聞き取りにくくても困ります。カラオケルームは、時間いくらで借りられるのと独立性とで、句会向きです。壁越しに絶唱が聞こえてくることもありますが。

集まって句を詠み合う——聞くだけで尻込みする人もいるでしょう。先生に赤ペンを入れてもらうのではなく、みんなに読まれるなんて恥ずかしい。人前でダメ出しされたら、傷つきそう。人間関係が煩わしいのではないか、など。その気持ちはよくわかります。俳句に限らず、詩、文学、表現というものに興味を持つ人は、ひとりを好む傾向にあるから、なおさらでしょう。私も、そもそもグループ行動が苦手でした。

でも、そうした苦手意識や不安をはるかに超える、ワクワク感があります。

表現が適切かどうかわからないけれど、一種のゲーム性も、句会にはあります。「俳句に興味はあるけど難しそう」と逡巡《しゅんじゅん》している人は、いっそ句会に飛び込んでしまった方が、そのイメージが変わります。難しい、かもしれないけれど、面白い、と。

何よりもお伝えしたいのは、句会では基本的にダメ出しはありません。後ほどご説明しますが、合評ではその句を選んだ人が、なぜその句をいいと思ったかを述べます。勉強のために、いいと思ったけれど気になった点を、その句を選んだ人が、あえて言うことはあります。その句を選ばなかった人に、意見を求めることも、ままあります。その意見も、「どうすれば、この句のいいところを生かせるか」という視点で述べられます。

作者がわからない状態で出し、と述べたように、句会を特徴づけるのは「匿名性」だと私は思います。

作者から切り離された、目の前の五七五のみと向き合い、鑑賞します。作品が作者と結びつけて鑑賞されることの多い、近代以降の文学では、この「作者性を排する態度」は、珍しいと思います。詠んだのが誰かわからないので、読み手は「あ、この夫とは、昨年亡くされた夫のことだろう」などといった作者の個人的な背景にとらわれることなく、差し出された五七五から、自分にとってのシーンを立てることができます。

ましてや選ぶとき、「誰さんの句だから選ばないと悪い」といった、人間関係の縛《しば》りはありません。江戸時代でも身分の上下に関係なく楽しめた、その精神が生きています。

「兼題」「席題」「吟行」

現在私が通っている定例の句会は、二つあります。どちらも月一回です。ひとつは「兼題」の句会。もうひとつは「吟行《ぎんこう》」の句会。「吟行」は後に詳しく述べますが、句会のメンバーが同じ場所へ出かけて、そこで作った句を出して、句会をします。

ひとつ目の「兼題」の句会について、句会の具体的な進め方を中心に述べていきましょう。

私の通っているその句会では、「兼題」が十四題出て十四句、「当季雑詠」で二句、合わせて十六句を作って、持っていきます。参加者は五名から七名と少人数だから、それだけ多く出せます。

句会の進め方は、会によってこまかなところは異なりますが、一般的には次のようなものです。

①「投句」

自分が持ってきた句を、短冊に書いて提出します。「投句」といいます。

短冊といっても、色紙の細いようなものではありません。Ａ４のコピー用紙を八等分に切ったものです。配られる句会もありますが、私たちは自分で持っていきます。

短冊に書くのは句だけで、自分の名前は書きません。さきに述べた俳句の「匿名性」です。

②「清記《せいき》」

全員が出し終わったら、短冊をまぜこぜにして、清書用の紙とともに、各人に配ります。清書用の紙は縦に罫線《けいせん》が入っていて、一枚に八句くらい並べて書けるようになっています。各人は配られた短冊の句を、その紙に書き写します。そのことを「清記」といい、紙を「清記用紙」といいます。自分の句が人の字で書かれることで、筆跡からも作者がわからなくなります。そんな手間をかけてまで、「匿名性」を担保するのです。「清記用紙」には番号を振り、清書した人の名を書いておきます。清書に責任を持つためです。

③「選」

清記がすんだら、「選」です。「清記用紙」を参加者の人数分コピーして配るか、または、コピーせず「清記用紙」そのものを順に回していきます。いいなと思った句を、コピーが配られていたらその紙に印をつける、そうでない場合は、ノートに書き留めます。自分の句は選ぶ対象から外します。

選に入る際、「今日は何句選にしましょう」と、みなで取り決めるか、誰かが決めるなどします。最終的にその数に絞ることを考え、多めに選んでいきます。何句選と決めたうち、一句を「特選」にしたり「天」「地」「人」の三段階を設けたりする場合もあれば、それらを設けず、ただ何句選とする場合もあります。最終的に絞った句を、「選句用紙」という紙に書き写して、提出することもあれば、書き写さず、自分でわかるようにしておくだけのこともあります。「選句用紙」を提出するときは、自分の名を書き、誰の選かわかるようにしておきます。

④「披講《ひこう》」

選んだ句の発表です。「選句用紙」を提出したときは、誰かのもとに集めて、その人が読み上げます。「選句用紙」を使わず、自分でわかるようにしておいたときは、各人が自分の選んだ句を読み上げます。

読み上げるのを聞きながら、誰がどの句を選んだかを書き留めます。「清記用紙」のコピーが配られている場合はその紙に、「清記用紙」そのものを回覧した場合は、自分の清記した用紙が一周して戻っていますので、その紙に記していきます。

⑤「点盛り」

選んだ人がひとりなら一点として、集計します。句会によっては「特選」を設けているときは、特選は二点としてカウントすることもあります。

⑥「合評」

高得点の句から、選んだ人が「どこがいいか」を述べていきます。進行役の人をひとり決めて「誰々さん、この句をおとりですが、いかがですか」と話を振ります。聞かれた人は「こういうところがいいと思って、いただきました」というように答えます。

⑦「名乗り」

一句を評し合った後で「作者はどなたですか」と進行役が聞いたら「葉子です」のように名を言います。名乗りまでして、次の句の合評に進みます。すなわち⑥と⑦は同時進行していきます。句会によっては、④の「披講」の段階で、自分の句が読み上げられたら即座に、「葉子」と名乗るところもあります。

「兼題」句会では、同じ題で人がどう作ったかが、最大の学びです。歳時記の例句には古いものもありますが、句会では同時代の人の句を読むので、「こういう作り方があったか」と勉強になり、題となった季語についてのとらえ方が広がります。①〜⑦までは、早くて二時間かかります。

私の通っている句会では、その後「席題」をします。どんな題でどんな句が出るかは後ほど述べますが、「席題に比べて兼題は、考える時間がたくさんあるぶん、力が入りすぎた句になりがち」とみんな言います。「席題」で再び①〜⑦までですると、ぐったりと消耗します。

●その場で見たものを詠む「吟行」

もうひとつの「吟行」句会。あらかじめ出された題を、時間をかけて考えて投句する兼題と異なり、吟行はライブ感が強くなります。出かけていって、その場にあるものを詠むので、前もって考えておくことができません。

私が通う吟行句会は、参加者は十名前後です。東京または隣県に住む人どうしなので、吟行する場所も、その範囲です。

例えば桜の頃なら、桜並木のある目黒川周辺と、場所を決めます。当日、桜が咲いていれば桜は詠みますが、それ以外に川や橋、商店街を詠んでもよく、題材は自由です。

集合場所と時間を決めておき、各人がそれまでの間、ノートを手に自由に歩き回ります。句会に題材だけメモすることもあれば、五七五の句に近い形でメモすることもあります。句会によっては、吟行の段階から、みなで集まって連れだって歩きます。私の参加している吟行句会は、各自で吟行を終え、集合してから句会の場所へ移動。投句まで三十分くらい設け、その間にメモをもとに句を作ったり、五七五をさらに整えたりします。

投句以降の流れは、さきにご紹介した兼題の句会とほぼ同じです。ここでは、清記用紙をコピーせず回覧し、披講も各人でします。だいたい午後一時ぐらいに集合して移動、投句締切が二時、句会終了は四時から五時の間となります。

吟行の特徴は、先入観が通用しないことです。桜並木のあるところだからと、桜で作る準備として、過去に桜がどう詠まれてきたか、どう詠めば桜らしいかを頭に入れていっても、予測したのとは、まったく違うありようをしていることが、充分あります。晴れた空のもと満開なのが、桜らしいと思い、そういう句を作りたかったのに、雨だったり散っていたり。

実際にあるようすで、詠むしかない。「あるがまま」を見ることを求められます。その場のありように合う季語を、探すことも求められます。季語力も鍛えられるのです。

吟行の後の句会では、同じところを歩いてきた人が、何をどう見たか、どういう句にしたのかが、最大の学びです。「あの場所にたしかにあったのに、どうしてこういう五七五にできないいんだろう」というショックが、刺激にも、さらなる鍛錬への動機にもなります。

場数を踏むと力が抜ける

「句会に飛び込んでみたけれど、まだまだ緊張しっぱなし、楽しむにはほど遠い。それは自分がへただから？」と悩む人もいるかもしれません。

ひとことでいって、慣れです。

私も最初はひどく構えていました。変に真面目な性格もあいまって、兼題句会の最後に次の月の兼題が発表されると、帰りの電車で立ったまま歳時記を開き、その兼題の解説を読んで予習し、なおかつ「一句もできなかったらどうしよう」とおびえていました。まだひと月もあるのに、です。

吟行も、二月に梅の木のあるところへ行くとなれば、前もって歳時記で梅の季語を調べ、解説を頭に入れ、前夜には一句もできない夢を見るというありさまでした。

兼題や吟行ですらそうだから、席題なんて絶対できない、席題句会なんて一生参加できないとも思っていました。そんな私の背中を押したのが、ある俳句の先生が語っていたことです。その場で詠まないといけないと聞くと、初心者のかたはみな「自分には絶対にできない」と言う、でも何十年と実際にしてきて、「できなかった人はひとりもいない」と。

別の先生の「うまく作ろうと思うからできない」という言葉も胸に刺さりました。そういう意識を、知らずに持っていたかもしれません。でも実際に、うまく作れたとひそかに満足して出した句は誰にも選んでもらえず、投句締切直前に、言い方はよくないですが数合わせに突っ込んだ句が共感を得る、そういうことを句会で繰り返すうちに、「うまく作ろう」「俳句らしいものにしよう」という「はからい」が、いかに無効で、俳句らしさから、むしろ遠ざけているらしいことが、わかってきました。

「はからい」とは「あるがまま」の対極にある態度です。うまく、俳句らしく、といった欲にもとづく、小賢《こざか》しいやりくりが、「あるがまま」の事物と向き合い、「あるがまま」でその場に臨むことを、じゃましているのです。

今通っている兼題の句会で、それだけで疲れるのになお席題をするのも、「はからい」を超えた句ができるからかもしれません。行き当たりばったりの題、しかも考える時間は短いとなると、小賢しさの働く余地はなくなります。

席題は、即興で出し合います。私の通っている句会では、席題は季語でなく文字や音の詠み込みにします。ひとりずつ、会議室の黒板やホワイトボードに書きます。「黒」「板」をそのまま題にする人。「黒」の一字を、「板」の一字を、それぞれ詠み込んだ句を作れ、ということです。別の人はたまたま窓の外にあった定食屋の看板から「定」「食」と一字ずつ。目の前のペットボトルをじっと眺めていた人は「糖」「紅茶」を題に。微糖紅茶でも飲んでいたのでしょうか。「た、か、し」の三音を五七五の頭に配する（折り句といいます）、カタカナ限定で「パト」という二字を使う、なんていう題も。無茶苦茶です。折り句以外は、題は季語の一部としないのが、その句会での約束です。すなわち題の他、当季の季語も入れて作らなければなりません。

七人が二題ずつ出すと十四句。投句締切まで五十分。短冊に書く時間もあるので、作るのは四十分少々でしょうか。題が黒板に出揃うや、わー、きゃーと声が上がった後、いっきに静かになります。いくつか例を挙げましょう。□で囲ったのが題、傍線が季語です。

ブーツは黒二十歳の足を組み替へて

炎天のレール製糖会社跡

夏手套はづし紅茶の席に着く　＊夏手套《なつしゅとう》は夏用の手袋のこと

たまさかの風に捲《めく》れて白菖蒲《しょうぶ》　＊「た、か、し」の三音

湯ざめしてパトカーの灯を見てゐたり

できた五七五に、作者の私の個人的な背景や、特別な思いがあるかと問われれば、ないです。一句に三分もかけられないので、題と季語を入れてなんらかのシーンを立てるだけでいっぱいいっぱいです。何も考えられません。

そうして出した句が、読んだ人にさまざまなイメージを、ときに感慨までも呼び起こすのを、選評で聞くと、驚きます。「ブーツ」の句なら、若さゆえの強がりや自分を持て余している感じが痛々しいとか。「湯ざめ」の句なら、湯ざめしたときの頼りなさと何かが起きているらしいかすかな不安が身にしみるとか、湯ざめするというのに、見てどうなるでもないパトカーの灯をつい見てしまう人間の愚かしさが、滑稽味をもって描かれていると感じたとか。

自分の頭にはもともとなかったこと、伝えようと企図しなかったことが、伝わっている。そのとき「はからい」を超えたと感じるのです。そうした経験を重ねるうち力みはおのずととれていき、吟行の前に句ができない夢を見ることもなくなりました。

参加すれば早く伸びる

兼題の句会で、「同じ季語を、他の人はこう詠むのか」と驚く。吟行の句会で、同じものを見てきて「あれを言うのに、こういう季語があったか」または「こういう季語と合わせるのか」と感嘆する。

句会に参加し、そうした経験を重ねると、歳時記を読んでひとりで季語と向き合っていた頃よりも、知っている季語の数は増え、季語への理解も深まったと感じています。

句会では、投句もさることながら選句がだいじです。俳句をはじめたばかりでも、五句選と言われれば、わからないなりに五句選ばなければなりません。選んだら、選評を言えるようにしなければなりません。合評のとき「岸本さん、この句をおとりですが、どこがいいと思いましたか」と聞かれるからです。

点盛りまで終えた後、合評の順番が回ってくる間に、歳時記を必死になって引いて、本意を調べることが、よくあります。

選は限られた時間でしなければならないので、たぶんに直感的です。なんだかわからないけどいいい、と思うものに、とりあえず印をつけます。

後で改めて季語の本意を確認し、「ああ、私はこれと、季語以外の言葉との間に響き合いを感じて、いいと思ったのだな」と発見できる。季語の本意を、歳時記の解説を読んで覚えようとするよりも、実感としてつかめます。

選評を言わなければという責任感から、焦って調べた季語のことは、忘れません。

席題の句会もそうですが、脂汗の出る思いで必死で格闘した季語は、印象に残ります。

歳時記には書かれていない使いこなし方のようなものも、句会で話題になった季語についてはつかめてきます。

例えば夏の季語「水無月《みなづき》」。旧暦六月のことです。私が句会に持っていく文庫版の歳時記の解説には〈水無月の名は字義どおり梅雨が明けて水も涸《か》れることからとする説の他、水を田に注ぎ入れることから水の月の意とする説もある〉とあり、結局、水のあるように詠むのかないように詠むのか、私はよくわからずにいました。解説には〈青葉の茂る時期なので、青水無月ともいわれる〉ともあります。

この季語について句会で、ある人が「六月というのと水という字に引きずられて、水がたっぷりみたいな句をよく見かけるけれど、そうではないわよね」と言うと、他の人たちも応じて「今の八月のイメージで詠めばいいんじゃない？　晩夏の季語だから」「ただ、青、の一文字がつくとイメージががらっと変わる季語よね。青という色彩が入るから」などの会話が交わされ、私はここぞとばかり耳を傾けました。

句会に出るのは、ある程度、俳句が上達してから、俳句が上達するには、歳時記を辞書でも暗記するみたいにして、ある程度の季語を覚えることから、というのは、順番が違います。句会に出ることで上達するし、句会でこんなやりとりをするうち、季語へのセンスのようなものが鍛えられてきます。

句会で人と話してみると、人それぞれに好みの季語、よく使う季語、得意とする季語があることがわかります。「芭蕉忌《ばしょうき》」「子規忌《しき》」といった人の命日である、忌日《きじつ》の季語を積極的に詠む人もいます。

私は植物が苦手です。席題で何か季語を入れないといけないときは、「春風」「夏の雲」のように、季節の名が入っている天文のジャンルの季語を、安易に選んでしまいます。

また、俳句をしない人にはあまりなじみがないけれど、俳句をはじめると、何にでも合わせやすい季語というのがあるものです。一例が「鳥雲に《とりくも》」。春の動物の季語で、越冬して北に帰る鳥が雲間に消えてゆくように見えるさまをいいます。

そうした季語を、ある俳人は「デスクトップ季語」と呼んでいて、言い得て妙だと思いました。パソコンのデスクトップには、草原とか山とか滝といった、特色のない、人によって合う合わないの出にくい画像が置かれます。それを安易に配していては、俳句らしそうなものはできるけれど、そこ止まり。上達は望めません。

句会に出ていると、季語に関する偏りが是正されてきます。使い慣れない季語、体験的実感もなく、自分のいわば守備範囲でない季語も、「否応《いやおう》なしに」使うようになり、季語の世界が広がるのです。

スリルが快感

俳人の先生と句会の話をしていたら「短冊にまだ何も書けていなくて、まっ白なままの夢をよく見る」と言われ「先生でもそうなんですか！」と驚きました。

場数を踏むと「はからい」は抜けてくる一方で、制限時間までのプレッシャーやドキドキ感は、どれだけ長く俳句をしてきた人でもあるのだなと。逆に、句会からこのドキドキ感が失せたらつまらなくなってしまうのかも、と思います。

私が俳句を続けているのも、「はからい」を超える快感はもちろんですが、それ以前に、席題や吟行という「出たとこ勝負」のスリルとそこから解放されたときのカタルシスの、とりこになったからといえます。

さきに述べた月一回ずつの二つの句会がある日は、なるべく仕事を入れないようにしています。が、ある月、どうしても日を変えられない仕事があり、席題プラス兼題の句会と吟行句会の二つとも欠席しました。

スケジュールに余裕はできて、楽は楽。でもなんて物足りないんでしょう！　あのスリルとカタルシスなしにひと月過ごすと、しだいに禁断症状のような苦しさに。次回の場所等を知らせるメールに「必ず行きます！」と身を乗り出すような返事を送りました。あのスリルとカタルシスは句会でなければ味わえないものだと痛感しました。

ようやく参加できた翌月の句会では、兼題十六題の句会の後に、例によって席題句会。その月からはじめて参加する俳人のかたがいて、作りながら壁の時計をちらちら見て、ハンカチで額を拭ったり、歯の間から息を吸ったり。わかります。冷や汗が出て、歯ぐきに酸っぱいものが滲《にじ》んでくるような焦りなのです。

「歳時記の例句に作品が収録されているような人でも、そうなんだ」となんだかうれしくなりました。投句し終わると、その人は大きく息をつき、「毎月こんなハードなことしているの？」。以来欠かさず来ています。その人もやみつきになったのでしょう。

集まって俳句を楽しむなんて、たおやかなイメージがありますが、実際はかなりハード。毎回毎回「間に合うかー」「今日こそはだめかも」というぎりぎりのところへ突っ込んでいく感じです。ただ失敗したって体は何の危険にもさらされないし、何の実害も及ばない。絶対に安全なスリルといえます。

私が通っている句会もスパルタな方だと思いますが、ある俳人の句会に取材でおじゃましたとき黒板に、温泉地での一泊二日の合宿の案内が書いてありました。聞けば二日目の昼の解散までに句会を三回行うとのこと。三回とは主催者が設定したものだけで、実際は参加者のみなさん、夕食後の句会が終わっても夜中まで自主的に句会をするので、最低五回は行うことになると。

「温泉に泊まっても、温泉に入る暇なさそうですね」と言ったら「そうです」と真顔でうなずかれました。

私はふだん家でひとりで原稿を書いていますが、月に二日、司会をつとめる俳句番組の収録に出かけます。二本撮る日は午前と午後で俳人の先生も異なるし、ゲストも初対面の方がほとんど。ひとりでいるふだんと違いすぎ、消耗は激しいはずなのに、二本目の収録の後スタッフと勉強のため自主的に句会をし、さらにその後近くの店へ移動して、そこでもまだ俳句の話ばかりしています。体の疲れを忘れさせるものがあるのです。

句会ではポーカーフェイスでいなければならないのも、スリルのうち。私の通っている句会では、作者が名乗るのは合評の後です。合評の間は、自分の句だとばれてしまってはいけません。評は原則的に褒めますから、自分の句が褒められている間、うれしさが顔に出ないようにし、どうしてもにやけそうなら下を向いています。

名乗るときは恥ずかしがらず、「葉子です」とはっきり簡潔に言います。

合評の前に、披講の段階で名乗る句会もあります。それはそれでポーカーフェイスが必要です。合評に移り、自分の句が褒められている間、あまりにやにやしていてもかっこ悪いかと、うつむいて選評をノートにメモするなどの照れ隠しをします。

さらに演技が求められるのは、合評を名乗りの前にする句会で、勉強のため、その句を選ばなかった人に「なぜとらなかったか」を聞かれるときです。自分の句だから選ばなかったとは言えないので、「シーンとしてはわかるけど、この季語でいいのかなと、ちょっと迷って、いただきませんでした」などと淡々と答える。演技過剰で、あんまりけなすと、句会では原則けなさないから不自然になり、自分の句とばれてしまう。かといって褒めるばかりだと「そんな絶賛するなら、とればいいのに」と思われ、これまた不自然。そのバランスが難しいです。

名乗った後、「そうじゃないかと思ったよ。だって評が妙に厳しいんだもの」と他の人が言うことはよくあります。句会を支える「匿名性」を守ろうとするがゆえの、笑い話です。

読み手の想像に委ねる

俳句を論じた本にはよく、俳句は何かを言おうとしない文学である、といったことが書かれています。表現への欲求を持ち、その形式として俳句を選び、これからはじめようとしていた人は、とまどうかもしれません。俳句をはじめる動機そのものを、否定されてしまったようで。

でも季語に親しむと、何かを言おうとしない、というのは、実にそのとおりと感じます。

「季語がもう言ってくれているじゃない」と。

どんなモノを置くか、どんなシーンを立てるか、どの季語を配するかで、すでに言えてしまっている、これ以上言うとかえってじゃま、と感じるのです。

それで完成か？

いえ、その先があります。読み手がいます。

自分の組み立てた五七五を読んだ人が、自分がその五七五で「言えている」つもりだったことと、違う受け止め方をする。自分の中のイメージとは、別のイメージを相手が抱く。そのとき「それは自分の言いたいことではありません」と主張する、相手のイメージなり受け止め方を正そうとするのは、俳句の態度ではありません。

相手の鑑賞によって、自分の作った句は、自分という枠組みを超えて、さらに開けていくのです。

例を挙げます。

知らぬ子に手を握られて風の盆

席題句会で作りました。題は「知」です。季語は「風の盆」、秋の行事の季語です。越《えつ》中《ちゅう》おわら節を歌い、〈哀愁を帯びた囃子《はやし》に乗って辻々《つじつじ》を流す踊はしみじみとした情緒がある〉と歳時記は解説しています。

作りはじめたのは投句締切ぎりぎりで、ノートで練る時間もなく、いきなり短冊に題の「知」の字をとにかく書いて、書きながら作っていきました。「知らぬ子に」と上五《かみご》に、中《なか》七《しち》に「道を聞かれて」と書いて、漠然としていると感じていったん消し「手を握られて」。下五《しもご》は歳時記の目次をバッと開いた中から、「知らぬ子に手を握られて」のシーンが立つものにしました。「風の盆」は狭い町がたいへん混雑するとニュースで聞くから、こんなことも起こり得るだろうと。

鑑賞はいろいろでした。親と間違って知らぬ大人の手を握ってしまった子のとまどいと、ふいに握られた手の小ささ、頼りなさに胸をつかれるのが、「風の盆」のしみじみとした趣に合っている。いや、これは迷子ではない、亡くなった子かもしれない、お盆には死者が戻ってくる。観光客でごった返す中にも、死者の霊はそばに来ていて、生者と入り交じっているのだ、と。

まさか、亡くなった子かもしれないとまで読んでくれるとは思いませんでした。ひとりで作って終わらせていては、出会えない世界です。鑑賞が句をふくらませてくれたのです。でも、もしこれが、はじめから「亡くなった子かもしれない」と言っていたら。例えばこんな句だったら。

風の盆あれは死んだ子かもしれぬ

これ以上は広がりようがありません。

迷子かもしれない、いや、亡くなった子かもしれない、という解釈は、読み手がそれぞれにすればいいのです。

ただし、言葉の組み立てが不充分なため、どちらにも解釈できる句は、よい句ではありません。例を挙げます。「体」という席題で作った句です。季語は「短夜《みじかよ》」。夏の季語です。

短夜や管一本のある体

点滴の管が付いている体だろう。いや、消化管のことを言っている、人間は口から肛門《こうもん》までの一本の管なのだ。二つの解釈が出たとき、ある俳人が「〝ある〟が問題なのかも」と言い、はっとしました。「ある」というつなぎ方があいまいなのです。言葉をよく検討せず「ある」と適当に置いたため、組み立てがぐらつくのです。構造物として弱体なのです。手抜きがあるのです。手抜きによるあいまいさを「世界が広がる」と勘違いし、放置してはいけません。

短夜や管一本として体

と「管」と「体」の関係をはっきりさせるべきでした。

言葉と言葉がぐらつかず、しっかり連結されていて、組み立てとしては堅固で、その上で、いろいろな鑑賞ができる。そうなってはじめて、世界が広がるといえるのでしょう。

「詠む」と「読む」は両輪

「選評がしっかりしている人は、作る方の上達も早い」といわれます。

俳句を「詠む」。人の作った句を「読む」。二つを同時進行で、鍛えていけるのが句会です。

句会のスタイルは、さまざまです。硬軟、と言っていいのか、私の通っている句会のように昼間、公民館や喫茶店に付設の会議室で行うものもあれば、夜にお酒の出るところで飲食しながら行うものもあります。

後者の場合も、選のときは「硬」でないといけません。

前に飲食店で行う句会で、清記用紙を回しつつ、おしゃべりしながら選をしている人たちがいたとき、招かれてきていた先生が、

「そういう選の仕方をしていると、自分の句もおしゃべりしながら読まれてしまうんだよ」

とたしなめて、実にそうだと思いました。

自分の句がだいじであれば、人の句もリスペクトしなければならない。片方だけは、あ

り得ません。

句会の環境は軟らかくても、俳句に対する態度は硬派でありたい。選のときは黙々と選に集中します。

選評で緊張するのは、自分しか選ばなかった句の評を言うときです。もしかしたらこの句には、俳句として基本的な間違いがあり、自分だけが気づいていないのかもしれない。初心者のうちは特に不安です。でも選んだからには「体を張って」応援しなければいけません。

また、仮に自分の他に二人が選んで、自分より俳句を長くしている二人が先に選評し「ここはいいけれど、この部分は気になりました」と言ったとします。内心「しまった」と思い、「そういった問題があるなら、自分はこの句を選ばなかったかも」とぐらつくかもしれないけれど、選んだ以上、選評では「ここがいいと思った」と堂々と言うのが、句に対する礼儀。「いいと思っていただいたんですけれど、よくわからなくなりました」はいけません。

初心者が選んでもベテランが選んでも、一点は一点。同じ一点と尊重してもらえるからには、初心者であることを言い訳にせず、自分の入れた一点に責任を持ちます。

投句はぶれろ、選句はぶれるな

ある句会で先生がおっしゃいました。「投句はぶれろ、選句はぶれるな」その言葉の言わんとするところを、折りにふれて考えます。

句会も少し場数を踏んできて、投句締切ぎりぎりでも、とりあえず五七五の形にして出せた、ひとりぐらいは選んでくれたという経験をすると、ついそれにならいたくなります。「投球」にたとえると、これならストライクはたぶんとれるという球を、つい投げる。そういうことばかりしていると、持ち球が決まってきてしまいます。投げていても、つまらなくなるかもしれません。

したことのない投げ方で、ストライクゾーンぎりぎりを攻めてみる。暴投になってもいい、すっぽ抜けてもいい。意外にもキャッチャーのミットのどまん中に受け止められたらうれしいし、繰り返すうち変化球も自分の技になっていく。

「投句はぶれろ」は、そうした姿勢と理解しました。いつも同じような詠み方をしていることに甘んじないで、挑戦をする。過去の自分のささやかな成功体験を模倣せず、失敗してもいいから、絶えず更新せよ、ということだと。

「選句はぶれるな」。これは理解に、もう少し時間がかかりました。

俳句の先生がたで敬服するのは、「この先生だったら作りそうにない」と私には思える句も、選に加えていることです。「自分の句に似た句」ばかりを選ぶのではない。伝統系と目される先生が、型破りな句をとっていることは、よくあります。

私ははじめ、それは「ぶれる」こととどこが違うのかわかりませんでした。が、こういうことだと思いました。「心に響くものがある」、そのことに忠実なのだと思います。手法の違いはあっても、届く力のある句はいい。さきの喩《たと》えでいえば、キャッチャーの側に回って、ミットにばしっと強い手応えをもって収まったのなら、自分では投げない球であっても評価する。その姿勢を、ぶれないというのだと思います。

選評のとき、なぜいいかを説明できない句もあるでしょう。「説明できないけれど、強く心に響いた」。「説明できないけれど、好き」。それはそれで選評たり得ます。「好きだけれど、強く心に響いたけれど、選評で説明できないから、選に入れるのは止めておく」のは、ぶれた態度です。

ぶれの一形態かと思えるのは、ちょっと目につくフレーズがあると、飛びついてしまうことです。選句でよく、してしまいがちです。例えばこんな句があったとしましょう。

林よりのぼりて白き月に傷

月に「傷」という表現は、個性的で、何やら詩がありそうで、つい選びたくなります。合評で選んだ理由を聞かれ「傷という表現にひかれました。謎めいていて、禍々《まがまが》しさもあって、すてきです。こういう言い方は、私にはなかなか考えつきません。言葉に対する作者の感性の鋭さを感じました」と述べたとします。これだけでは選評になっていません。「傷」以外の十五音を含めた十七音として、鑑賞していないからです。

初心者の多い句会で、ある先生は言いました。「選のときは、季語以外の部分よりもまず、季語が一句の中で働いているかどうかを考えるように」。わかりやすい指導です。

突出したフレーズがあると、それに飛びついてしまうけれど、季語が単に置かれているだけでは、俳句として力があるとはいえません。

シーンがほんとうに立っているかどうかも、選ぶポイントのひとつです。「月に傷」というフレーズを含む句を、「景が見える」と評した人がいたとき、先生が句そのものにではなく、選評に対し割合厳しいコメントをしました。

「どんな景ですか。月に何がどうなっているか、この句から、ほんとうにわかりますか。

私には景は見えませんでした」

「景が見える」は、選評でよく出る言葉です。充分な鑑賞をしないで、選評だけはそれらしく述べたことを、先生は戒めたのだと思います。

好きである。心に響いた。そこに立脚しつつも、俳句として好きなのか、単なるワンフレーズが好きなのか。魅力的なフレーズを含む句ほど、「好き」の内容をよくよく吟味する必要があります。俳句として好きだと確信できたら、誰がなんと言いそうだろうと、選に入れればよいのです。果たして選んだのが自分ひとりであっても、ひるんではいけません。堂々と選評を述べます。

こうしてみると選は投句と同じくらい、自分を試されることです。選んだ句を引き受けて、矢面に立つ覚悟が要ります。「体を張って」とさきに表現したのはそのためです。真剣勝負です。俳人のかたがたはそこをしのいできて、今の立場にあるのだと思います。

はじめのうちはどうしても、作る方に一生懸命になるし、句会では「自分の句を誰かが選んでくれるかどうか」が気になりますが、選は貴重な訓練。おろそかにしてはもったいないです。

自分に合った句会を探す

句会がどんなところかつかめてきて、読者の中には、自分も出てみたいと思ってくださるかたもいるでしょう。句会には、いろいろあります。俳人が主宰する結社の句会。カルチャーセンター。企業や学校の俳句クラブ。地域で開かれている教室。知り合いどうしで行う同好会。

さまざまな句会におじゃました印象では、初心者はまずは先生と呼べる人がいる句会に行くのを、おすすめします。そこにいる人たちが「この人の選に入りたい」「この人の選評なら信じられる」と共通して思う人のいる句会です。

指導者的な立場の人がおらず、参加者みなが対等だと、合評でぎくしゃくすること、俳句を長くしている人や単に声の大きい人の意見が通る、といったことが起こり得ます。

ある句会で、季語の二つ入った句が選ばれました。選んだ人が選評で「こういうことってあるなと感じて、いただきました。季語が二つ入っているところは、迷いましたが……」と述べると、選評の終わらぬうちに作者が「そんなことは自分だって知っているよ。季語が二つになることぐらい、わかって作っているよ」と強い調子で言いました。

本来なら、二つある季語をめぐって、この句では効いているかどうか話し合い、学びは深まるでしょう。先生がいる句会では、作者の発言にも抑えが効いて、そうした展開が期待できます。反論して終わりでは、学びは生まれません。

人の読みや選に敬意を払う、ルールに則《のっと》った意見交換をする、それらは先生のいる句会、または先生のいる句会で経験を積んできた人どうしの句会の方が、成熟している印象が、私はあります。もちろん、俳句の経験は少ないけれど、そうしたことは守れる仲間がいて、仲間どうし楽しく勉強したいなら、それはそれでよいと思います。

初心者は知らないことが多いのがふつうです。「初心者の句を、類想という理由で否定してはいけない」とたしなめる先生の話を、さきにしました。知らないことで人を責めず、初心者のふつうの姿を、自分もかつてそうであったとして受け入れる、自分の愛する俳句という詩型に心を寄せてきた人を、歓迎する。そうした句座に、句会に関心を持ってくださった読者が出会えることを祈っています。

チャレンジ! 季語クイズ

季語の中には、読み方が難しいものや日常生活であまり耳にしない表現もあります。そんな季語を集めたクイズに挑戦してみましょう。

〈問題③〉

Ⓐから Ⓕは、(　)にそれぞれ同じ漢字一字が入ります。なんでしょう。

Ⓐ　(　)衣　(　)吹雪　(　)の雨　(　)疲れ

Ⓑ　(　)焼く　(　)桜　(　)笑ふ　(　)開

Ⓒ　(　)涼し　満(　)　春の(　)　後《のち》の(　)

Ⓓ　(　)光る　東(　)　(　)薫る　秋の(　)

Ⓔ　(　)月夜　(　)霞　(　)氷し　(　)凪《なぎ》

Ⓕ　(　)兎　(　)蛍　残る(　)　春の(　)

〈問題④〉

次の季語は、なんと読むでしょう。

Ⓐ〈春の季語〉 春疾風　蝌蚪　野遊

Ⓑ〈夏の季語〉 白南風　蚊遣火　竹婦人

Ⓒ〈秋の季語〉 秋灯　飛蝗　衣被

Ⓓ〈冬の季語〉 虎落笛　藪柑子　冬山家

●答えと解説は次のページにあります

〈答えと解説〉

〈問題③〉

Ⓐ花　Ⓑ山

Ⓒ月　Ⓓ風

Ⓔ夕　Ⓕ雪

いくつかを取り上げてご紹介しましょう。「花疲れ」は花見の後の疲れのことで、花どきの情趣のひとつです。「山笑ふ」は、芽吹き花咲く春の山の明るさを、こう喩《たと》えました。秋の季語の「月」は澄んだ美しさですが、「春の月」は朧《おぼろ》なようすを愛《め》でます。「夕永《ゆうなが》し」は日暮れの遅くなることをいう、春の季語。「雪」は冬の季語ですが、「春の雪」だと淡く消えやすいようすを愛でるものとなります。「東《こ》風《ち》」は早春のやや荒い風です。

〈問題④〉

Ⓐはるはやて　かと　のあそび

Ⓑしろはえ　かやりび　ちくふじん

Ⓒあきともし　ばった　きぬかつぎ

Ⓓもがりぶえ　やぶこうじ　ふゆやまが

「蝌蚪」はおたまじゃくしで、音数の短さから近代以降よく使われています。「白南風」は梅雨明けの頃の南風、ちなみに梅雨の暗い空に吹くものは「黒《くろ》南《は》風《え》」です。「竹婦人」は睡眠中涼をとるため、竹を編んだ抱き籠。「秋灯」は「しゅうとう」とも読み、歳時記には「秋ともし」とも。灯《ともし》のつく季語は春夏冬にもあり、情趣がそれぞれ異なります。「虎落笛」は烈風が柵などに吹きつけて起きる音です。

第四章 「あるある俳句」と「褒められ俳句」

句会は道場

句会では、自分が句を作り「詠《よ》む」ことと、人が作った句を鑑賞する「読む」ことが同時に鍛えられると述べました。いわば道場です。

ただ、この道場ではいわゆるダメ出しは、原則としてありません。おさらいになりますが、句会の「選評」は、選んだ人がその句のどこをいいと思ったかを述べるものです。

人前で欠点を指摘されないのは、恥をかかなくてすむのでよさそうではあります。ですが裏返せば、自分の句のどこがいけないか、どう改善したらいいかを知る機会も少ないということです。テレビ番組で俳句が赤ペンで厳しく直されるのを見て、そうした添削を受けられるものと思って句会に来ると、期待と違うということは、ままあるようです。

そうした場なので、句会でただ受け身でいると、わかったようなわからないような状態が続きます。ある人が選評で「この、時刻表という言葉がよく出ましたよね」と言い、他の人も「ほんと、そうですよね」と同調していても「時刻表がどういいの？」と取り残されたような気持ちになるか、せいぜいが「単なる本より、時刻表の方がいいということ？つまり書名みたいなものを出せばいいの？」と推察するか。結果「やっぱり俳句はよくわからない」と挫折することになりかねません。

幸い私が参加してきた句会は、初心者の質問をおおらかに受け止めてくださるところでした。ですので、こちらから質問をするようにしました。自分はある句をいいと思って選んだけれど、他の誰もとらなかったときや、自分の句で、作るとき迷った点があるけれど、その点について誰も言及しなかったときなどです。「勉強のために、この句についてご意見をお聞かせください」とお願いします。

このときに交わされた会話は、大きなヒントとなりました。経験を積んだ人たちが、一句のどこをどう読んだか。季語やそれ以外の言葉をどう選ぶか。鑑賞や作句のヒントです。聞いたからといって、すぐに身につくものではありません。相変わらず同じような間違いをしてしまいます。でも、句会でそれについての意見が出たとき「この前聞いたあれだな」と思い出すことはできます。その繰り返しが、蓄積となっていくのです。

俳句愛好歴の長い人たちや、俳句の先生がたは、季語や言葉を選び取る判断が瞬時につくように、俳句をはじめたばかりの私には思えました。その判断基準を、一覧表にでもして渡してほしいくらいでした。

でもそれは膨大な数を詠み、読みする中で培われたもののようです。「これに則《のっと》れば絶対に正解を導き出せる」という公理公式はないらしいとわかってきました。

●「上手な句」ではなく「届きやすい句」に

句会に出はじめの頃の私は、公理公式を性急に求めました。俳句が早く上手になりたかったのです。が、句会は「こうすれば選んでもらえる」という、勝利の方程式めいたものを授けられる場ではありませんでした。

その一方「こういうことをしていては、いつまで経《た》っても誰にも選んでもらえないらしい」というものは、少しずつつかめてきます。

誰にも選んでもらえない。それは人に届かない句です。「上手な句」より「人に届きやすい句」をまずめざそうと思いました。

「届きにくいけど上手な句」といったものが、俳句を続けていった先にはあるのかもしれません。が、はじめからそれをめざすべきではないと感じました。

公理公式がない中でも、参加者の選評や質問をきっかけに交わされる会話には「こんなことには、気をつけないといけないらしい」と思えるものが含まれています。句会に出る中で私がつかんできたそれらを、この章では紹介していきます。

前半は、初心者が作ってしまいがちな「あるある俳句」です。そうなりがちな要因と、こうすれば脱「あるある」へ一歩前進できるのではという道すじも考えていきます。

後半は、句会で選んでいただけた「褒められ俳句」。自分では何がいいのかわからなかったけれど、選評を聞いて、なるほどここがこうよかったのかと得心がいった句です。

句を評するとき、よく出る言葉があります。仕事の縁でさまざまな句会におじゃましましたが、共通でした。「報告句」「ごとく俳句」「意味を感じた」などが、その例です。

それらについて定義から入ることは、ここではしません。定義するとは、裏返せば公理公式を打ち出せるということになります。定義されたことの逆をすればよい、という発想になるからです。

読者のみなさんには例句を通し、それらの意味するところを感じ取っていただければと思います。

「あるある俳句」

ここからは初心者の誰もが陥りがちな「あるある俳句」について述べていきます。まずは「報告句」です。例から入りましょう。

●「報告句ですね」

山道を歩き菫《すみれ》に出会ひけり

こういう五七五を差し出される側になったら、どうでしょうか。「ああ、そうですか。よかったですね」としか反応しようがないのではないでしょうか。

山道を歩いていたら菫に出会いましたと、できごとを述べているにすぎないからです。こうした句について、句会で意見を求めれば「報告句ですね」と言われてしまうでしょう。「私はそんなつまらない句は作らない」と読者は思われるかもしれません。けれど案外多いものです。小学校のとき「遠足」といった題の作文で、先生がこう言っていたことはありませんか。「朝起きて、学校に行って、バスに乗って、となりは誰々で、一時間くらいして着いて、お昼を食べて……と起きたことを順々に書いている人が多いけれど、それでは作文になりません。書きたいことの中心は何ですか」。人のエッセイを指導する機会にも、私は同じことを感じます。

できごとを経過に沿って述べたくなる習性は、私たちの中に根強いのでしょう。時系列というのは、私たちのもっともなじんだ、安心して依拠できる秩序なのです。あるいは書きたいことの中心がつかめていないせいかもしれません。

ですのでエッセイの指導のときは、「ここで書きたいことの中心は何ですか」と問いかけます。

例句でも、同様の問いかけをしてみます。このできごとを一句にしたいと思ったのは、「山道」で出会ったからか？　イエスであるなら、出会ったところを「山道」だといえるのは、そこがどんなようすをしていたからか？

岩の間に咲いていたから。標高を示す立て札のもとに咲いていたから。リュックを下ろしたところに咲いていたから。答えはいろいろでしょう。

その答えにあるモノを、句に出します。すると読み手の目の前にも、ようすが現れます。これまで再三述べている、シーンが立つといってもいいでしょう。作者である私のいた「山道」へ、読み手を連れていくことができるのです。

報告句と評されてしまうのは、読み手にシーンが見えないからだと思います。見えない限り、いくら「こういうことがありました」と言われても、自分のあずかり知らぬところで起きた、他人事《ひとごと》に感じられてしまうのです。

付け加えれば、例句の最後の「けり」の使用には、慎重にならざるを得ません。「けり」にはご存じのように「〜したことだなあ」という詠嘆の意味があります。

同時に「〜した」という過去の意味もあります。それが私は心配です。読み手の目の前に今あるように詠みたいのに、これは過去のできごとですと、わざわざ断りを入れているようにならないかと。「こういうことがありました」という事後報告に似てしまわないか。「をり」に変えることがあります。「をり」は「〜ている」という現在のことになります。他方「だなあ」という詠嘆はなくなります。

「〜した」のリスクを冒しても「〜だなあ」の方を頼りに、読み手にも詠嘆してもらいたいと思うときは「けり」のまま残します。詠嘆そのものは、過去ではありません。今起こる気持ちです。

どちらかが正解というものではありませんが、報告句との関連で「けり」の使用には注意深くありたいことを述べました。

ここで報告句について、角度を変えて実験をしてみましょう。次は句会でとっていただけた句です。

スニーカー汚して余花を訪《おとな》ひぬ

「余花《よか》」は、初夏に入っても山間《やまあい》などでまだ咲き残っている桜です。選評では「スニーカー汚して」によって、足もとの悪いことがわかる。山間に咲く余花らしいし、わざわざ訪ねてきたところに、桜を惜しむ気持ちもある、とのことでした。そう聞いて私は、「スニーカー」が、この句を届くものにしているらしいとわかりました。

実験として「スニーカー」をなくしてみます。

山道を歩きて余花を訪ねけり

シーンがいっきにぼやけます。スニーカーというモノを消すことで、漠然として、見えにくくなるのです。報告句の例として出した「山道を歩き菫に出会ひけり」に似ています。報告句への、いわば逆添削です。報告句がどんなものか、実験を通しても感じ取っていただけたでしょうか。

●「原因と結果になっていますね」

例句から入りましょう。

下戸なればひとりに余る冷《ひや》し酒

「冷し酒」は夏の季語。暑いときに口当たりのよいものです。ひとりでいて冷し酒という、ちょっと気持ちよいことをしてみた。が、下戸だから持て余している。

大人らしいささやかな夏の楽しみ方と、おかしみもあるようです。が、句会に出したらまず選ばれないでしょうし、選ばれないわけをあえて聞けば、次のように言われるでしょう。

「原因と結果になっていますね」

俳句ではそれを嫌います。酒が余っている、なぜならば下戸だから。一句の中で答えが出てしまっています。原因と結果で緊密に結ばれていて、読み手が鑑賞をふくらませる余白が残っていません。読み手との共同制作を、はじめから拒んでいるのです。

拒むつもりはなくても、こうした句を作ってしまいがちです。風に吹き上げられて、桜が空へ舞う。雲が切れて、月が照り返る。原因と結果の関係になっていると、人に指摘されるまで気づかないほどです。そういうことが、私はしょっちゅうです。

報告句のところで、時系列は「なじんだ安心して依拠できる秩序」と述べました。因果関係はそれと同じくらいなじんでいて、その形におさめると落ち着きがいいのだと思います。〝時系列〟と〝因果関係〟は、私たちがもっともふつうにしている叙述のスタイルです。ふだん話したり何か書いたりするとき、たいていはこの二つをとっています。ですので、五七五を組み立てるときもつい、その秩序で構築してしまうのでしょう。

因果関係を述べるなら、何もわざわざ俳句でする必要はありません。文字数の多い方がより完全に説明できます。

歳時記の例句には一見、因果関係のような形をとりながら、実は「なぜならば」でつながっていないものが多くあります。海が青いから、桜が海へ散る、といったものです。海の青さと桜の散ることに、なんら関係はありません。けれど、目に痛いほどの海の青さとそれにひかれて進んで身を躍らせるような花びらの白い輝きが眼前に立ち上がって、強い印象を残します。

俳句の十七音でしたいのは、そういうことだと思うのです。

●「決まり文句ですね」

次のような句があったとしましょう。

蟇《ひきがえる》　石の上にも三年と

冬浪《ふゆなみ》やなべて本来無一物《むいちぶつ》

春雨や情けは人のためならず

去る者は日々に疎くて残る菊

俳句に親しんでいないうちは、悪くないと思えます。多くの人にまさしく「届きやすい」内容であり、季語ともよく合っていると。

しかし「石の上にも三年」「本来無一物」「情けは人のためならず」「去る者は日々に疎し」。これらはみな諺《ことわざ》などの成句です。

諺や、仏教用語や禅語などは、お寺や古池を詠むのが俳句と思っている延長で、なんとなく俳句的な気がするからか、初心者の多い句会ではまま目にします。本人としてはうまくできたつもりでも選ばれず、コメントされる機会があるとしても「決まり文句ですね」で片付けられてしまいます。

既存のフレーズを持ってきて五七五に仕立てることを、俳句では嫌います。どの句会でも共通認識となっているので、なぜかを問うたことはありません。考えるに、まっさらでものごとと向き合うという俳句の基本の態度と反するからでしょう。まっさらに向き合わないところには、発見もありません。

さらには、さきの因果関係の話同様、俳句の十七音で何をしたいか、に関わってきます。俳句はアフォリズムではありません。アフォリズムとは、一般に受け入れられた真理を簡潔に表した修辞です。警句、箴言《しんげん》ともいわれます。

ある句から結果として、読み手が真理を受け止めることはあるでしょうけれど、はじめから真理を伝えることを目的化するのは、俳句でしたいことではないと思いますし、季語をそのための手段化するのは、季語をだいじにする立場ではありません。

「結果として」と「目的とする」ことは、似ているようで大きく違うのです。

●「季語に入っていますよね」

本を読み眠くなりけり春の昼

誰にでもおぼえのあることで「届きやすい」ように思えます。なのにどこが「あるある俳句」なのでしょうか。本を読んだら眠くなったという原因と結果が入っているからか？「けり」が過去の感じになるからか？

句会でコメントを求めたら、それらの指摘以前にこう言われるでしょう。「これって季語に入っていますよね」と。

季語は「春の昼」。〈うとうとと眠りを誘われるような心地よさだが、どことなくけだるさも感じる〉と歳時記にあります。俳句で「春の昼」といえば、目が冴《さ》えてくる人はいません。本を読もうが何をしようが眠くなるということは、「春の昼」にすでに含まれているので「季語に入っていることを、わざわざ取り出して、重ねて言う必要はない」となるのです。

次の例はどうでしょう。

髪を梳《す》く右手けだるし春の昼

「髪を梳く右手」までは「本を読む」よりもようすが見えやすく、悪くなく思えます。ですが「けだるし」まで言ってしまったところで、それは「季語に入っていますよね」。

本人は、いかにも春の昼らしい句ができたつもりでも、季語に親しんでいる人が読めば、「馬から落ちて落馬する」のように同じことを二回言われている感じがします。

もうひとつ、別の句を例に挙げてみましょう。

永き日のなかなか暮れぬゆふべかな

「永き日」は春の季語です。春分を過ぎると夜より昼の時間が長くなります。日の暮れるのが、気がつけば冬よりだいぶ遅くなっています。前なら暗くなっていた夕方五時くらいでも、まだ薄明るい。

作者にとってはある日の夕方の発見かもしれないけれど、「永き日」という季語だと、季語を言い直しているだけになります。季語に「入っている」以前に、季語そのものの言い直しです。

このタイプの「あるある」を脱するには、歳時記をよく読む。それに尽きます。季語を使う前に説明をよく読んで、季語以外の部分の内容が季語に含まれていないか、確認しなければなりません。

付け加えれば、季語に動詞をつけるときも要注意です。私は前に「時雨《しぐれ》降る」としてしまい、先生に「時雨は降るものだから」と言われました。

同様にホトトギスといえば声が印象的な季語、蛍といえば光が印象的な季語、ということになっています。「ホトトギス鳴く」「蛍光る」とわざわざ言うのは、季語に親しんでいる人にとってはこれまた「馬から落ちて落馬する」なのです。

言わなくてすむことに五七五の貴重な音数を割くのはもったいないですし、十七音の文芸という詩型を生かしていないことになります。

●「意味を感じたので」
選ばなかった理由としてこのコメントを最初に聞いたとき、聞き違いではないかと思いました。意味を感じたのでとらなかった？　意味を感じなかったのでとらなかった、の間違いではないの？

それまでの言語生活では話すときも書くときも、意味の伝わることがだいじでした。

そうコメントされたのは次の句です。

梢より生まれ来るもの春の雪

俳句十年目の今なら、そのときの指摘がわかります。「生まれ来る」がよくないのです。春には、命の誕生する季節という観念があります。それをほのめかしたいという気持ちが、私の中で働いていたのでしょう。読み手はそれを感じ取って、拒否したのです。そのとき降っていた雪が梢《こずえ》の方から落ちてきていたのなら、それをそのまま言葉にすればいいのです。「生まれ来る」は、私が余計な意味を込めているのです。こうしたほのめかしは、俳句では嫌われます。しかし俳句をはじめたばかりで、それをしてしまう人は多いのです。

付け加えれば「もの」も余計です。「春の雪とはこのようなものである」と一般化していると、読み手は思うでしょう。

ちなみにこの句の季語は「春」ではなく、「春の雪」です。季語で「春の雪」といえば淡雪。降るそばから消えるのが、冬の季語である「雪」との違いです。

私がこの句に乗せた意味は、季語の本意という点でも違っていて、お話にならないのです。

意味を感じる、の話に戻れば、次のような句もそう評されるでしょう。

霧深し検査の結果待ちてをり

病院で検査を受けて、その結果を待っているのでしょう。どんな結果を告げられるか、その先どうなるか、不安です。そこへ先の見通しのきかない「霧」を持ってくるのは、あまりにも意味を持たせすぎです。

詠み手は「いや、病院で結果を待っている間、窓の外にほんとうに霧が出ていたのだ」と言い張るかもしれません。そうした抗弁は、俳句においては無効です。俳句はノンフィクションではありません。読み手はこの俳句を差し出されたら、「霧」を心中のほのめかしと取るでしょう。ちなみに「霧」は秋の季語です。

次のような句はどうでしょうか。

人に背き人に背かれ冬ざるる

「冬ざれ」は冬になって、見渡す限り荒れさびた感じになっている、時候の季語です。人によってはこうした句に、芭蕉《ばしょう》や蕪村《ぶそん》の句と違う近現代性や、人間探求的な態度を感じて、心に「届く」かもしれません。

しかし私の出ている句会では、選ばれることは難しいと思います。人に背き背かれるという抽象的なことがらに、モノの見えない時候の季語を取り合わせて、いよいよ漠然としてしまっているのもさることながら、それ以上に気になるのは「冬ざれ」が殺伐とした心中や人間関係のほのめかしと読めることです。

意味を感じさせようとしていることに、なぜかくも敏感か。何かを言いたいのは表現を志す者として自然な欲求なのに、なぜかくも厳しいか。

それは句会に出ている人が、俳句という形式を選んだ人だからだと思います。

意味を伝えたいなら、俳句より適した表現形式が他にあります。制約のより少ない和歌、散文。それでも俳句を選んだのは、何かを言うには適さないという俳句の沈黙性、禁欲性を受け入れた人たちです。受け入れた先に何があるかを知りたいと思い、いわば制約と格闘しながら作り続けています。

その立場からは、俳句という形式を選びながらまだ、ほのめかしや掛詞《かけことば》的な手法でもって、意味を乗せようとするのは饒舌《じょうぜつ》であり、潔くないと感じられてしまうのです。

エッセイという散文を日常的に書く一方、俳句も作りたい私は、意味を感じさせる句に、やや過剰に敏感なのかもしれません。慣れ親しんだ散文の延長に俳句を置かないことを、人一倍注意しなければと感じています。

●「ごとく俳句」

比喩の入った句を、句会ではそう呼びます。「ごとく」や「ごとし」という言葉を使っていなくてもそうです。ここではわかりやすく「ごとく」を使った例で話します。まず次の句から。

トパーズの梅酒のごとく濁りをり

「梅酒」は夏の季語です。何よりもまず、季語＋「ごとく」である点で、選で残したい句から外されてしまうでしょう。季語をだいじにする立場からは、季語を喩《たと》えに使うことはしないのです。

では季語＋「ごとく」以外ではどうでしょうか。

玉椿糸を切りたるごとく落つ

「玉椿《たまつばき》」は春の季語です。椿は花びらがひとひらひとひら散るのではなく、一花がまるごと、ぽとりと落ちます。そのようすを、玉を吊《つ》ってある糸を切ったように、としたのでしょう。句会では「ごとく俳句ですね」で終わるでしょう。比喩は俳句では、していけないわけではありませんが、このような言い方で退けられてしまうことが多いのです。「でも、歳時記には比喩の俳句はたくさんあるではないか」と思われるでしょう。それらは成功した比喩です。

俳句で人に「届く」比喩とは、喩えられるものと喩えるものとの間に「これとこれを結びつけたことはなかったけれど、言われてみればなるほど」という意外性と共感性とを兼ね備えたものです。

「玉」と「糸」は、誰もが思いつくことで共感性はあるけれど、意外性はないのです。意外性を求めるとひとりよがりで、読み手にはなぜその二つが結びつくのかわからないものになりがちです。意外性と共感性とのバランスが難しいのです。

掘り下げて考えると、「ごとく俳句」のすすめられない理由は、そうした成功率の低さのみではない気がします。やはり、俳句で何をしたいか、にかかってくるように思います。比喩を考えるとき、はじめは対象を見るでしょうけれど、頭の中の操作へしだいに比重が移っていきます。それは、ものごとと向き合うという俳句の基本に反するからだろうと思います。

ものごとまっさらな状態で向き合うことに慣れない私たちには、発見はなかなか難しく、それよりは比喩の方が楽そうに感じます。ものごとを充分に見ることをしないで、比喩の方へ逃げてはいけないのです。

比喩の成功率を上げることより、まずは比喩に拠《よ》らないで五七五にします。そこで鍛えた力は、どうしても比喩で作りたいときの支えとなるはずです。

「褒められ俳句」

●「わざわざ言ったことがなかった」

さて、ここからは句会の本来のありかたに戻って、選んだ句について評するとき、よく聞くことを紹介しましょう。いわば「褒められ俳句」です。

まずは「わざわざ言ったことがなかった」。ふつうに目にしているけれど、俳句にしようと思ったことはなかった。けれども俳句になっているのを読むと、「たしかにそうだ」と納得できる。

「ごとく俳句」のところで、成功している比喩は、意外性と共感性を兼ね備えていると言いました。その条件は、比喩でなくてもいえるのかもしれません。わざわざ言ったことがなかったことを言っている、のは意外性です。言われて納得できるのは、共感性です。俳句的な発見は、そうした当たり前のことにあるのでしょう。

例えばある人の句に「十字架は人の形や」という五七がありました。その句は多くの人に選ばれていました。十字架の形は誰もが知っている、イエス・キリストが磔《はりつけ》にされた絵画も数えきれないほど見ている、たしかに十字架は両腕を広げた人体の形と合っているけれど、わざわざ「人の形」という言い方はしたことがなかった、と。

もっと当たり前のことにも、そうした選評を聞くことがあります。「褒められ俳句」の話で自分の句を出すのは気がひけますが、十七音すべてをおぼえているので例に引きやすいと思ってください。

枝打の枝のまつすぐ落ちにけり
牡蠣すする鼻の高さに殻持ちて

「枝打《えだうち》」は冬の季語です。杉や檜《ひのき》はよい木材にするために、枝を幹のつけ根で切り落とします。木に登って、鉈《なた》や鋸《のこぎり》を使って落とすのです。根もとから切る枝は小枝と異なり、重いのでまっすぐに落ちてきます。そのようすを詠んだ句です。

「牡蠣《かき》」も冬の季語ですが、この句には説明を要さないでしょう。生牡蠣をすするとき、誰もがしたことのある動作です。

句会では幸い「わざわざ言ったことがなかった」と評されましたが、同時に危うさも持っています。「枝打」の句については、枝がまっすぐ落ちるのは「枝打」という季語に、すでに入っていると思う人もいるでしょう。「牡蠣」の句は「ただごと俳句」と言われてしまうかもしれません。「ただごと俳句」も句会ではよく出る言葉ですが、改めて調べると、〈俳句の日常性を主張するあまり、日常茶飯事のことを詠んで足れりとする傾向に対する軽蔑の語として使われる〉と、ありました（『俳文学大辞典』）。俳句が「意味を感じた」と評されることを警戒する私は、「ただごと俳句」に陥ってしまいがちです。

「ただごと俳句」か、「わざわざ言ったことがなかった」ことを言った句かは、今の私は句会に出してみないとわかりません。人に読まれ、選を受けるうち、つかめてくるだろうと思います。

●「○○がこの句の眼目《がんもく》ですね」

○○は俳句の中にある語句です。一句の要《かなめ》となっている、この語句があるために一句が立っていると思えるとき、そのように評します。

インパクトの強い語句とは限りません。ごくふつうの言葉でも、その語句によって句が支えられているなら、「眼目」といえます。例を見ましょう。傍線が「眼目」です。

てっぺんの熊手ゆらりと降ろさるる

「熊手」は冬の季語。酉《とり》の市で縁起物として売られ、商売繁盛を願う人が買い求めます。おかめの面や米俵などの細工物がたくさんついています。棚のてっぺんに飾られる熊手は、畳一枚ほどの大きさのものもあり、細工物も多く豪華。価格も高く、それを買える人は羨望の的です。

「ゆらり」が「眼目」と評されました。大きさ、重さ、もったいをつけるようにして降ろされるさまが、この一語に表されているということです。

越中の旅の一夜を踊り抜く

「踊」は秋の季語。盆踊です。「抜く」によって、ひと晩じゅう続くことがわかります。越中で思い出すのは、越中おわら風の盆。全国から多くの人が集まりますが、観光バスの去った後こそが本来のすがたであり、佳境といえます。旅の身ながらその中に身を投じた、没我の感じも伝わります。こんなふつうの動詞が「眼目」たり得るのです。

●「景が見えます」

「読み手の眼前にシーンが立つ」「読み手に見える」ことのだいじさを、繰り返し語ってきました。そのことを端的に述べたのが、この「景が見えます」です。選に入れる条件に、私はしています。選評でも耳にすることが、非常に多いです。

改めてひとつ例を挙げます。

荷車に真鱈のゆれてをり

「真鱈《まだら》」は冬の季語です。深場の海に棲息《せいそく》しますが、冬は産卵のため浅場に移動してきます。そのときが漁期です。揺れている腹があることで、旬の鱈の太り返ったようす、荷車に載せて運ばれていくところ、荷車の振動などが、見えるようになります。

そうなると、市場へ行ってみたら、真鱈の競《せ》りをしていて、荷車に載せて運ばれていくのもあって、よく太っていて、といった説明は要らなくなります。説明をしていることを俳句では嫌いますが、それは「景が見えていない」ことの裏返しなのです。

初心者の俳句にありがちなのは、景を見せるよりも、何かを言おうとする方に躍起になることです。夏に海沿いを行く列車を「夢乗せて」などとしてしまいます。それよりも列車がオレンジとか四両編成とか、窓が大きい小さい、開いている開いていないなど、「見える」ようにする方に心を砕かなければなりません。「夢乗せて」いるかどうかは、その景から読み手が感じればいいことです。

●「攻めていますね」

詠み手の挑戦の姿勢を、評して言います。

句会に出ていると、選に入った経験も積みます。すると、選んでもらえた句の作り方をまねて、再生産してしまうことがあります。俳句には公理公式がないため、経験的に安全とわかっている範囲を、ついつい出なくなります。守りに入ってしまうのです。

それに対し、野球でいえばボールになるかどうかぎりぎりのところへ、果敢に投げていく人がいます。ストライクをゆうゆうとれる球を持っているのに、無難にストライクを重ねていくことをよしとしません。

ここでは、人の句を例に挙げます。「NHK俳句」の兼題が「幽霊」の回の入選句です。

目を縫い潰したる幽霊に朝陽が差して白い　川口誠司

この句を句会でとったら、賛否両論が出るでしょう。「幽霊」からして、夏の季語として載せている歳時記と載せていない歳時記とがあり、季語がない俳句、いわゆる無季俳句とされかねません。音数は十七音を大幅に超えています。有季定型をはみ出しているのです。

それでも、幽霊の凄惨で哀れなようすが見えて、鳥肌が立ちます。幽霊は夜、暗がりに出るものとされますが、この幽霊は目を縫い潰されているので、朝になっているのもわからぬまま、死装束の白さや血の気のない肌の白さを、容赦なく陽に照らされているのです。私はなかなか、こうした句を作れません。

俳句十年目ともなると、句会で誰からも選ばれないことは、さすがになくなってきています。五十点を及第点として五十五点くらいの句ばかり作っている気がすることがあります。かろうじてできてはいる句、です。

百点になるか十点になるかわからない句をあえて人に問うて、議論を呼び起こす。そうした人が、俳句を前に進めていくのでしょう。そして、自分では型破りな句は作らなくても、仲間のそうした姿勢を支持する人は、句会には必ずいるものです。

仮に誰にも届かなかったとしたって、失うものはありません。現状維持に甘んじず、自分の句を絶えず更新していかなければ。そんな刺激も、句会で得るだいじなものです。

第五章　歳時記は一生の友

一年目の句と今の句

俳句は季語を入れるものである、十七音である。この二つから出発し、手探りで進んできました。はじめは、俳句とは古めかしいものを詠《よ》むもの、と決め込んでいたようです。一年目の句から、恥をしのんでご紹介しましょう。

叢林にもの炊く匂い夏至《げし》の夕
短夜《みじかよ》や岸よりみゆる浮御堂《うきみどう》
法師蟬《ほうしぜみ》今は主《ぬし》なき屋敷林《やしきりん》

読み返すだに赤面します。「叢林《そうりん》」とは僧侶の集まって住む大きな寺のこと。きっと一生懸命辞書を引いて探してきたのでしょう。そのかたわら「匂い」の「い」は新仮名で平気でいるのだから、どれだけ的外れな努力をしていることか。でもそのときは、「こういうものを詠めば、初心者の私にも少しは俳句らしいものができるのでは」と大真面目に考えていたのです。

その他の句も題材は、お寺や神社、田んぼや堀割《ほりわり》など、いわゆる昔ながらの日本的な風景。田んぼや堀割など私のふだんの暮らしにはないものにもかかわらず。おそらく教科書で習った俳句のイメージからです。俳句といわれて思い出すのは、江戸時代の芭蕉《ばしょう》、蕪村《ぶそん》。明治になって正岡子規《まさおかしき》が俳句を刷新したらしいという、これまた教科書的な知識はありましたが、子規といえば「柿くへば鐘が鳴るなり法隆寺」。やはりお寺です。

そのような句を月に一度の句会へ持っていくことが続いて半年ほどしたあるとき、次の句を出しました。

大根干す郷士の家の子だくさん

兼題《けんだい》は「郷」という字。「大根干す《だいこ》」は冬の季語です。郷士《ごうし》とは江戸時代、農村に住んでいた武士です。家柄としては名字帯刀を許されながら、鋤鍬《すきくわ》を握って田畑を耕していました。この句に対し、参加者のひとりが「こういう句を現代に作る意味がよくわからない」とつぶやいたのです。

ハッとしました。たしかにそこには私の実感はありません。江戸時代の下級武士を描いた小説は好きでしたから、兼題の「郷」から「郷士」を思い出し、農村の風景である「大根干す」の季語を歳時記にみつけて、俳句らしいものができたつもりになっていました。

でもそこには、平成の今を生きている私の発見は何らないのです。

俳句には「発見」がだいじであると、俳句の入門書には必ずといっていいほど書いてあります。古めかしいものを詠まなければ、という決めつけに代わって、「発見をしなければ」という強迫観念めいたものにとりつかれました。その焦りの現れが、次の句です。

梢より生まれ来るもの春の雪

「意味を感じたからとらなかった」例として前章でも出しました。まさにそのとおりで、この句のできた行く立ても、春の雪の降るようすをじっと見ていたら、梢から生まれ出てくるように感じた、のではありません。春という言葉から「芽ぐむ季節」という頭の中で引っ張ってきた意味を、目の前の雪にあてはめ、無理やり「発見」をしようとしているのです。その作為が、自分で俳句を作る人には、すぐにわかってしまうのです。

投句する前には、「これは自分の中にあらかじめあった意味をあてはめていないか」を点検するようになりました。

ふだんは、言葉で意味を伝える生活をしていますから、意味を離れることはなかなかできません。でも、もしかしたらこういう句が、あらかじめある意味を離れた「発見」なのかもしれないと思えた句が、十年目の私にはあります。句会の兼題に「幟《のぼり》」が出たときです。夏の季語で、端午《たんご》の節句に、家紋や弁慶などの武者絵を描いた縦長の布を、家の前に立てました。都市部では今は、小さくしたものを座敷に飾ることが多くなっています。私は次の句を出し、とっていただけました。

アイロンをかけて飾れる幟かな

俳句をはじめて間もない頃なら「幟」は男の子の成長を祈るものだから、迎え撃つ風とか、三つ輪の家紋黒々とか、写生のようで実は意味の入った句を詠んだでしょう。この句では、そうしたことは考えていません。ただ単に、一年ぶりに出すから折りじわがついており、アイロンをかけたくなるだろうと。「発見」は当たり前のことの中にあるらしい、作為を捨ててはじめて見えてくるらしい。十年目の今、感じています。

自我を手放す

俳句は何かを言おうとすると、届きにくくなる。

状況を「説明」しない。

「思い」を述べない。

これらのことを繰り返し書いてきました。

なぜ私がこれらを肝に銘じているか。エッセイとの違いであるからです。

エッセイは「思い」が先導します。「私はこう感じた、考えた」という主観で、話を引っ張っていきます。言おうとすることに、最後に着いているように、筋道をつけていくのです。出すモノや立てるシーンは、私がその「思い」に至った体験を追体験しやすいものを選んで、筋道に沿って配置していきます。状況の「説明」も、シーンやモノの描写の間に、適宜割り振っていきます。

そこでは、八百字のエッセイであれば八百字に対して、作者である私が統御しなければ、という姿勢が強くあります。

もちろん、八百字にまとめて人に渡した後は、人がどう読むかに手出しはできません。

自分の「思い」と異なる思いを、読者が抱くことは充分あり得ます。しかし自分の言おうとしたこととあまりにも違うものを、読者が受け取ったなら、そのエッセイは失敗しています。筋道のつけ方がわかりにくかったか、シーンやモノの選び方が適切でなかったか、「誤読の余地」のあったことであり、作者の私は八百字を制御しきれていなかったことになるのです。

俳句では、それらのことをしません。

十七音は八百字より、はるかに少ないから制御しやすいのではないか？　いいえ、逆です。筋道を立てて、シーンやモノをその順序に配置し、必要な説明を割り振って、企図したところまで導いていくには、十七音は短すぎるのです。

自分の体験したとおりを追体験してもらうことは、はじめからあきらめざるを得ません。述べたい「思い」があったとしても、モノやシーンだけを出し、読み手がそこから似たような思いを受け取ることを期待するくらいがせいぜいです。

モノやシーンから、私の「思い」とまったく異なる思いを、読み手が抱くこともあります。それを「誤読」として残念がることは、俳句ではしません。例を挙げましょう。

炎天や河口に水の押し合ひて

夏の季語「炎天」は、私には気力体力とも萎えるものです。満潮のときの河口は、海の水は川に入ろうとするけれど流れに押し返されて入れず、川の水は出るに出られない。その停滞感を思いました。句会でこの句を選んでくれた人は、「平らなような河口にも、出ようとする力、入ろうとする力がもみ合っている。そのかすかな波立ちが炎天の強い光を受けて、きらめいている。夏らしい生命力に満ちている」と。

このシーンに生命力を感じ取ってくれるとは！　たしかに「炎天」は陽《ひ》の燃えさかることです。暑くてたまらないものという自分のとらえ方は、いかに限定的であるか、いかに狭かったかを思い知ります。

生命力を感じ取るのは「誤読」ではなく、自分の作った五七五に、自分の気づかなかった可能性をみいだしてくれたことです。自分の句を、作者の私の狭い枠組みから解き放ち、広い世界へ連れ出してくれたことです。

自分の句をせっかくはばたかせてくれたのに「いえ、それは私の言いたいことではありません。私の言おうとしたのは停滞感で」などと、元の鳥籠に閉じ込めるようなことを、誰がしたいでしょうか。「それは私の言いたいことではありません」と相手の受け止め方を正すのは俳句の態度ではないと、前々章の「読み手の想像に委ねる」で書いたのは、単に句会のマナーの問題ではなく、この理由からなのです。

「原因と結果の関係を作らない」と前章で書いたのも、論理的な関係を切断することより、多様な読みを可能にし、句のふくらむ「余地」を設けるためでもあると、私は思います。エッセイにおいて、筋道をつけて誤読の「余地」をなるべく排していくのと、逆です。

エッセイは主観で引っ張っていくと述べました。他方、俳句で多様な読みに接すると、自分の依拠する主観とは、いかに小さなものかを知ります。さまざまな鑑賞になり、句が大きくはばたいていくほどに、作者の「私」の枠組みは相対的に小さく感じられてきます。自分の主観を絶対としない、自分の意味世界に固執しない、「私」の小ささを知る。ひとことでいうなら、それまでよりも少しだけ「自我」を手放すことになるのです。

うまく詠みたいとか句会で点をとりたいとかいう欲を手放す、といったところにとどまらず、もっと根源的なところでの、自我との向き合い方の変容が起こるのです。

エッセイと俳句については、のちに項を改めて述べます。

俳句と禅

アメリカ人女性が俳句について書いた本で、興味深いくだりがあります。『私の俳句修行』（アビゲール・フリードマン著、中野利子訳、岩波書店）。著者は外交官で二〇〇〇年から二〇〇三年にかけて日本に滞在したとき句会に参加し、俳句に親しみました。著者は書いています。

一九五〇年、六〇年代に英語で書かれた俳句関係の本はほとんど、「俳句にとって禅は重要である」という考え方を受け入れている。
だから私は、私の俳句会では誰も禅に特別な関心をもっていないことを知り、おどろいた。（中略）今まで俳句について英語で読んできたすべてを否定するのは気がすすまなかった。（中略）日本のすべての俳句に禅のモチーフ（意味合い）を探すのは、欧米文学を研究する日本の学生が、欧米のどの書き手の作品にもキリスト教のモチーフ（意味合い）を探るのと同じように、奇妙なのだろう。私はそう考えることにした。

このくだりに私は笑ってしまいました。日本人でも俳句に親しんでいない人は、俳句を「言葉の禅」のようにみなす傾向があります。俳句が趣味だと人に話すと、そう感じます。俳句は論理的でないので、禅の公案や仏典の偈《げ》(「諸行無常」のような、教理を象徴的に述べた詩句)に似たものと思えるのかもしれません。極端に短いので、余分なものを削《そ》ぎ落としていった者だけが到達できる、至高の境地のようにも思えるのかもしれません。

「鋭くて深い」「言葉と厳しく向き合って」「自然に対する感性を研ぎ澄ませて」といった俳句に対するイメージを聞くたび、そんなごたいそうなものではないのになと思います。純化された精神の産物どころではなく、「パト」の二文字を入れよといった無茶な題を振られて、慌てふためいて作るといった句会のようすは、ここまで読んでくださったみなさんは、ご承知のとおりです。

ひとしきり笑った後で、けれど俳句と禅とに共通点はあるかもしれないと考えました。禅の多くを私は知りませんが、禅の僧侶で作家の玄侑宗久《げんゆうそうきゅう》さんと往復書簡をした経験からです(『わたしを超えて　いのちの往復書簡』中央公論新社)。

往復書簡で教えられたのは、ひとことでいえば、まさしく「自我を手放す」ことでした。「私」のいない時間を少しでも作るようすすめられました。

「私」をなくすとはなかなかわかりにくいのですが、例えば次のようなことだそうです。「思う」という頭の使い方をしない。「頭で手心を加えるな」との言い方をする禅師もいるそうです。

具体を具体のまま放っておき、抽象化しない。

「のでは」という判断をしない。「のでは」とは「～だから、こうなるのでは」「こうなっているのは、～だからなのでは」のように、ものごとを原因と結果で結びつけること、説明をしようとすることです。それをしないというのです。

日頃の私たちのしていることを、仏教では次のようにとらえると聞きました。仏教用語を使わずにひらたくいうと、私たちの外からふれてくる形や色、音、匂いなどを、まず感覚で受け止める。ふれてくるそれらは、その段階では意味を伴っていません。感覚ではあるけれど、知覚ではないのです。けれど私たちはすぐに、脳内に蓄えられている認識などから、対応するものを探してきます。感覚が受け止めたものに意味を与え、概念化します。

お経に出てくる「受想行識《じゅそうぎょうしき》」というフレーズを思い出す人は、なんとなくわかる気のする話かもしれません。ここではお経を引き合いに出さず、さきほどの「春の雪」の句を思い出していただきましょう。

梢より生まれ来るもの春の雪

高いところから降りてくる白く冷たいものに、私は頭の働きから「生まれ来る」という意味を付与しました。けれど、玄侑さんの説く態度では「生まれ来る」という意味付けはおろか、「雪」という名づけすらしないものと思われます。

「私」のいない時間とは、感覚をできるだけ知覚へと上げずにいる時間だそうです。坐禅《ざぜん》や瞑想《めいそう》、お経を唱えている時間は、それにあたります。

●年齢を重ねたからこそ「私」をなくせ？

最初に言われたときは、とまどいました。

玄侑さんと往復書簡をしたいと思った動機は、まったく逆だったからです。より堅固な「私」を持ちたかったのです。

命に関わる病気の後、再発進行していないかどうかの検査をしばしば受けている頃でした。今後どのような局面を迎えても、自分らしさを失わずにいたい。心が自分の制御を超えて取り乱すことのないように、不動の「自我」を打ち立てたい。おおげさで恥ずかしいのですが、大真面目にそう考えて、いわば心理療法のひとつとして禅に興味を抱いたのです。けれど玄侑さんにすすめられたのは、「自我」を補強し、より多くを制御下に置こうというのとは、正反対のことでした。首尾一貫した「私」というものを禅は信用しない、自分で作り上げたフィクションだ、とも言われました。信用しないとは穏やかでありませんが、私が執着し守りたがっている「自分らしさ」なるものは、私のほんの一部であり、それだけがただひとつのありかたではない、と言わんとしているのだろうと、そのときの私はかろうじて理解しました。

そんなふうにはじめはとまどい、ときに反発しながらも、一年近く書簡を交わしているうちに、今のうちに堅固な自我を打ち立てて準備しておかなければといった構えは、知らない間に鎧《よろい》を脱いでいたように緩んでいたのです。未来に何が起きるかはわからない。柔軟な心を持って、その時々のできごとに全力で向き合えばいい。そう思えるようになっていました。

俳句をはじめたのは、その少し後です。

たまたま時期が近かっただけで、禅と共通点がありそうだと思ったわけではありません。が、句会に出て「あるある俳句」で紹介したようなコメントを耳にするにつけ、あ、これと似たようなことを聞いたな、と往復書簡を思い出すのです。意味を嫌う。原因と結果の関係を作らない。説明をしない。禅の態度として教えられたことと同じだなと。

禅と俳句が文化の基層でどうつながるか、歴史的にどう影響し合ってきたか、こなかったのか、私は述べることができないけれど、実感にもとづく共通点は、この項の冒頭に述べたアメリカ人女性に伝えられると思います。

たまたま時期が近かったと、今し方述べました。が、偶然ではあれ四十代半ばという年齢で、俳句と禅という「自我を手放す」二つに出会ったのは、よいタイミングでした。

一般的に青春期は「自我」を確立しようと格闘する時期です。他の誰とも違う「私」を求めます。年齢を重ねてくると、そうした欲求に振り回されるのはもういい、と思うのかもしれません。病気、介護、老い、家族との死別、離別といった経験から、自分で「制御」できることは思っていたほどないのだ、ともわかります。「自我」を手放しやすい年齢になるといえるでしょう。

そのタイミングに「制御しようと頑張らなくていい、制御しきれないところにこそ、豊かなものがあるのだ」と教えられるものと出会えたのは、人生の幸いです。

言葉に出す、形にする

私が正岡子規に興味を持ったのは、俳人としてではなく病を抱える人としてでした。当時は不治とされていた結核性の脊椎炎を患い、病の床にありながら、奔放に生きました。どうしたらそのように生きられるのだろうと、闘病エッセイともいえる『墨汁一滴』などを読んだのです。その中で、痛みに呻吟《しんぎん》しながら、ガラス鉢の金魚に思わず見とれたときのことを、子規はこう書いています。

痛い事も痛いが綺麗《きれい》な事も綺麗ぢや。（『墨汁一滴』）

それだけの一文が、私は深く印象に残りました。どのような厳しい状況にあれ、きれいな金魚をきれいと感じる心、ものに驚くみずみずしい心を失わない。そんなふうでありたいと、強く思いました。

二〇一六年四月に熊本県で震度七を観測する地震が起こりました。

熊本県出身の俳人、正木《まさき》ゆう子さんは、前から『熊本日日新聞』の俳壇の選者をなさっていました。一般市民が投句をする欄です。正木さんのおっしゃるには、地震後も投句が減ることはなかった、そればかりか「燕《つばめ》」「蕗《ふき》の薹《とう》」といった春の季語が詠み込まれていたそうです。毎年その季節に来る動物、その季節に成長する植物です。それらの姿に、地震で山や川の形が変わってしまっても、毎年必ず繰り返してきた営みは止めない力強さを感じたのでしょうか。

私は自然の営みの力強さもそうですが、過酷な災害に遭いながら、草花や鳥に眼差《まなざ》しを向けることのできる人たちも、なんと力強いのだろうと思いました。同時に、さきに引いた子規の金魚のくだりが、鮮やかに蘇《よみがえ》ったのです。ああ、子規は患者である前に俳人だったのだと、そのとき深く得心できました。

『熊本日日新聞』への投句の内容は、刻々と変わっていったそうです。最初は車中泊、それから避難所、仮設住宅、家の解体、やがて更地の句に。いったいどんな環境で句を作ったのか、想像すると胸が詰まります。それでも詠むことを、止めなかったのです。

「思いや体験を客観的に言葉に出して形にすることで、苦しみが自分の中から抜けていきます。言葉は痛みを逃す通路にもなる」。新聞のインタビューで、正木さんがおっしゃっていたことも印象的でした。

地震によって、生活を破壊される。命を落とした人もいるでしょう。俳句は命を助けられるわけでもない、お腹《なか》の足しになるわけでも、寒さをしのげるわけでもない。「こんなときに言葉遊びどころじゃない」と投げ出されても仕方ありません。けれども詠み続けられた。「こんなとき」だからこそ、言葉なのです。

有事に俳句は人を支えると、私は思うに至りました。

病気をした後の私が、詩人の本の中で出会い、折りにふれて見ていた一節があります。詩人の荒川洋治さんの『日記をつける』（岩波現代文庫）の一節です。

ひとつの気持ちを文字にするときには、人は自分を別の場所に移しているものだ。

ここで読者は迷われるかもしれません。俳句は「思い」を述べないと、再三言ってきたのと矛盾しないかと。

答えは、さきほどの正木さんのコメントの中にあります。「客観的に」言葉に出す、「形にする」というところです。

俳句の定型性は「自分を別の場所に移」すことを、より後押しすると私は思います。句を詠みたい。その出発点は苦しみであったとしても、「形にする」すなわち、季語を選び、十七音におさめるため適切な語句を探して配置し、「これでは何のことかわからないな」と入れ替えたり、上五《かみご》と下五《しもご》を逆にしてみたり。そういう作業をしているときは、苦しみのただ中とは、少し離れたところにいるでしょう。

「客観的に」なるとは、距離をとるということと同義です。

語りが苦しみを和らげることは、心のケアの基本として知られています。ケアする人は、傾聴、すなわち耳を傾け続ける姿勢がよいとされます。

それとの対比でいえば俳句にするのは、同じ思いの表出であっても言葉を無制限に使ってよい状況で語ることとは、少し違う気がします。決まった型に入れ、人にもわかるものに仕上げていく作業です。そこには感情表出一般のセラピー効果、プラスアルファのものがありそうに思います。

俳句に限らず、絵を描くこと、何かを製作することなど、趣味と呼ばれるものの多くに、苦しみからの脱却を促す働きがあるのかもしれません。

初心に返る

俳句をはじめたばかりの頃は、句会までに一句もできなかったらどうしようと心配でした。月に一度の兼題句会では、題の出されたその日から落ち着かず、当日作る席題《せきだい》や吟行《ぎんこう》では、緊張で前の晩に寝つけなかったほどです。

けれど、今月もとりあえず投句できた、決められた数は出すことができた、という経験を重ねると、そうした構えがとれてきます。誰かの選に入ることが続くと、「少しはうまくなったかも」と思えてきます。

俳句をはじめて五年ほど経《た》った頃でしょうか、ある句会で、ひととおり終わった後の雑談で、先生がこう言うのを聞いて、ハッとしました。「うまくなることで失うものもある」と。「うまいというのは、必ずしも褒め言葉ではない」「うまい俳句が、必ずしもよい俳句ではない」とも聞きました。

何かをはじめて、うまくなりたいと思うのは自然な気持ちです。回を重ねれば、慣れてくるのも自然でしょう。

たしかにそのときでも、比べれば五年前の方が、俳句に対して初々しさがありました。

五年が過ぎると、相変わらずどきどきはするけれど「一句もできないのでは」とはさすがに思いません。対応力もつくというか、いくつかの型のようなものが自分の中に蓄積され、その型に入れれば、定められた出句数をなんとかクリアすることができるようにはなっています。

それは後退なのでしょうか。俳句との関係において、不幸なことなのでしょうか。俳句と親しめば親しむほど、よい俳句から遠ざかるとしたら、あまりにも残念です。

俳人の西村和子さんと対談の機会があったとき、その疑問を正直にぶつけてみました。慣れない方がよかったのかと。

答えは「いいえ、違う」という明快なものでした。

初々しさは、はじめたばかりのときにしかない。少しうまくなり、無難にまとめられるようになる時期は、誰にでも来る。でもいずれは、それで満足できない自分が出てくる。出てこないといけないと。

「違う」。その三文字を聞けたのは、初心を失うことをおそれていた私にとって大いなる救いでした。

西村さんのご指摘は、俳句に限らず、趣味全般に言えることだと思います。そして幸いにも俳句には、句会というシステムがあり、他の人の句にふれる機会に富んでいます。仲間が自分をびっくりさせるような句を作ると、私もうかうかしてはいられないと思うと、西村さんもおっしゃっていました。仲間の句から受ける刺激が、初心に立ち返らせてくれるのです。

仲間が自分をびっくりさせた句をまねて作った句を、次の句会に出してみて、惨憺《さんたん》たる結果に終わることもあります。でも、それでよいのです。「やってはいけないことなんかなくて、何でもやってみた方がいいです。それで先へ進んでいく」と西村さん。

そうなのです。慣れない方がよかったか、などと嘆いていても、時計の針は戻りません。俳句とともに歩み出したからには、試行錯誤しながら前へ進んでゆくのみです。

●中級者の陥りがちなこと

自分の中に型が蓄積され、その型に入れれば、定められた出句数をなんとかクリアすることができるようにはなってくると、今し方述べました。

型だけでなく、入れる中味、すなわち題材の方にも、俳句らしくできそうなものは、実はあります。

神社仏閣、東屋《あずまや》などはその代表格でしょう。そういうものを詠めば俳句らしくなるという考えは、あまりにも古いイメージにもとづくもので、さすがに私も一年目で脱しましたが、それら以外にもつい詠んでしまいがちな題材があるものです。

吟行をしているとき、「あ、こういうのも俳人は好きですよね。うちの先生はこれを詠んだら絶対とってくれません」と、参加者のひとりが指したのは「走り根」でした。地上に出たり入ったりしながら凸凹と伸び広がっている根のことで、必ずしも一般的な言葉ではないのに、なぜかよく詠まれるのです。和歌の雅に対して、整った美しさではないものを愛でるのが俳句らしい、というイメージがあるためでしょうか。欠けた皿とか、蓋の失せた箱とか、瓦屋根の歪《ゆが》み、傾いた郵便受けなども、俳句を詠む人は好きです。

俳人の今井聖《せい》さんは、神社仏閣、東屋は論外として、新しいと思われがちだけど実はありがちな題材に、ジャングルジム、滑り台、鉄棒、シーソー、メリーゴーランドを、句会で挙げていらっしゃいました。これらを詠んだ句は、よほど新しい発見がない限り、今井さんはとらないとのことです。

私はまさにその句会に、ジャングルジムの句を出してしまっていました。

花の夜《よ》のジャングルジムに角幾つ

季語は「花」で桜のこと。言われてみれば、われながら既視感のある句です。「花の夜のジャングルジムに」までは酷評されながら、「角幾つ」にかろうじてその人らしさが残っているというのが、今井さんのコメントでした。

今井さんによれば、アインシュタインの舌、ダリの時計、若冲《じやくちゆう》の鶏、なども、意外な定番だそうです。人名のつく何かは一般に知られるものであり、すでに手垢《てあか》がついてしまっていると考えた方がいいということでしょう。

新鮮さを保つことの難しさ、厳しさを教えられる思いです。「コツツボ現象」という言葉が、今井さんにあります。人は何かをはじめるとうまくなりたいと思うものであり、上級者の句に学んだりまねたりして、コツとツボを身につけていく。結果うまくはなるけれど、どこかで見たような句ができあがる。そのことを「コツツボ現象」と呼んでいると。

これも趣味一般に言えることかもしれません。

俳句十年目の私は、「コツツボ現象」まっただ中かもしれません。ふだん出ている二つの句会の参加者は、私より句歴が長く、「コツツボ」に陥った時期があったとしても、すでに通り抜けてきた人たちです。その句会の他に、別の句会に勉強のためおじゃますることが、たまにあります。そこでは私より句歴が短く、はじめたばかりに近い人が、先生の特選をとるのを何回も見てきました。

題材の新しさはもちろん、若い人にはかないません。それだけなら年齢のせいにもできます。が、題材そのものだけでなく、型とか着想みたいなものにも、ハッとすることがあるのです。その人たちは句歴が短いぶん、句会で接した句の数もそう多くはない。歳時記で例句にふれた経験も、おそらくはまだ少ない。だからこそ、なのか、こうすれば俳句らしくできあがるだろうといった予定調和的なおさめ方をしないのです。

藤田湘子著『新版　20週俳句入門』は、俳句を作れるようになるための、とてもシステマチックにできている本です。俳句愛好者とこの本の話になったとき私は「あの本に書いてあるメソッドを反復練習して、徹底的に叩《たた》き込むカルチャーセンターがあるなら、行きたい。そうすればどんなにうまくなるか」と言いました。その本のよさは、俳句を「なんとなく」で語らず、俳句を分析し、よく使われる四つの型を提示して、それに従って組み立てていくことです。構築的なアプローチなのです。

そのときに相手の俳句愛好者の言ったことが印象的でした。たしかにそういうところに通えば、ある程度までうまくなるのは早い。問題はその先。いみじくも構築的と言ったように、あのメソッドを使えば組み立ててはいけるけれど、それだけでアートはあるか？　アートというのは、説明をしきれないところにあるのだからと。

誤解のないように言えば、『新版　20週俳句入門』という本を否定するのではありません。著者もこれは早期養成法であり、〈俳句の奥はかぎりなく深い。その深さを追っかけていたら、イロハのイから教えることがおろそかになる。深さのほうには目をつむって、とにかくイロハ〉を教える本だと位置づけています。

型については、たくさんの句にふれるうち、蓄積はどうしてもできてきます。さきほどの、ジャングルジムの句にある「〜幾つ」は、その例でしょう。するとさきほどの句で、ほんとうに自分らしいのは「角」のみでしょうか。花の夜のジャングルジムの「角」が特に気になった点が、自分らしい興味の持ち方であると。

威張れたことではないので、さらなる例を挙げるのは気が引けるのですが、「〜の高さに」という型も私はよく使っているなと感じます。蓮《はす》の花が風の高さに開く、といったものです。

咲くことと高さとに、因果関係はありません。「～の高さに」でつなげば、俳句で嫌う原因と結果の関係を作ることを避けられるので、使いやすいのです。

「～幾つ」「～の高さに」といった型そのものが悪いわけではないでしょう。ですが、型も題材も、すでにあるものですませてばかりでいると、西村さんのおっしゃる無難にまとめられるようになったところで足踏みすることになりそうです。

へたにうまくなるな、実感をだいじにし、実感に拠って立って詠むようにと、今井さんは繰り返し言われます。それらしい形がついたところでよしとせず、自分らしい発見があるかどうか、席題では発見までは入れられないとしても、せめて実感はあるかどうか。

中級者の陥りがちな「コツツボ現象」から這《は》い出すため、問いかけていこうと思います。

迷ったら戻る場所

ここで疑問を抱く読者のかたが、必ずやいると思います。無難にまとめない。それはわかった。だとしたら、前の方で述べていた次のことはどう考えたらいいのか。句会では時間をかけて作った句より、締切時間ぎりぎりに急いで作った句の方がよいとされることが多いというのは、それとどう関係するのか。

私の考えでは、二つは別の話です。急いで作った句の方がよいことが多いというのは、むしろ次のことと関係します。「推敲《すいこう》していくうち迷ったら、最初に浮かんだ五七五にいったん戻れ」。句会でしばしば言われることです。

その教えはうなずけます。練り上げていくと、ともすれば抽象化をしてしまうのです。例を挙げましょう。

秋の日や納戸より出す曼荼羅図

秋に曼荼羅図《まんだらず》の展覧会へ行ったときのことです。中に、日本のある地方の山岳信仰と結びついた土着性の強い曼荼羅図がありました。

品名と所蔵者を書いた札に「何々家蔵」とあるのが印象的でした。曼荼羅図はお寺に伝わるものと思っていたけれど、民家にあったのかと。民を教え諭すための絵解きとして、広く普及したものでしょうか。そこから浮かんだ句です。晴れて湿気の少ない秋の日なら、久しぶりに納戸《なんど》から出してみる気になるかもしれないなと。

投句までに間があったので、ノートの上で語句を差し替えていきます。

秋の日や家に伝はる曼荼羅図
秋の日や家宝でありし曼荼羅図

変化の跡を見て、思いました。こうして抽象化してしまうのだなと。こうして意味を込めてしまうのだなと。

「納戸」は具象です。「家に伝はる」は一段階、抽象の次元へ引き上げています。家に伝わる、と曼荼羅図のどこかに書いてあるわけではありません。本のように蔵書印が押してあるわけでもありません。納戸なら見えます。「家に伝はる」は見えません。「納戸に入っているということはその家で代々伝えられてきたものなのだな」と判断し、意味づけをしたのです。

「家宝」になると、もっと抽象度が上がります。納戸というモノを離れ、伝えるという行動をも離れた、いってみれば概念です。

「納戸より出す」とした最初の五七五が、うまくはありませんが「はからい」のいちばん少ない句です。語句をやりくりするほど、禅と俳句のところで述べた「頭で手心を加え」ていっていいます。推敲ではともすると、「ありのまま」をよりよく言い当てた語句を探すこととは逆の、「はからい」の方をしてしまいがちです。禅と俳句のところで述べた私たちの習性、すなわち脳内に蓄えられている認識などから、対応するものを探してきて意味を与え概念化する習性は、かくも根強いのだと、実際の推敲の跡を見ても思います。

「最初に浮かんだ五七五にいったん戻れ」とは、できるだけ「頭で手心を加え」ていない段階に、もういちど立ち返ってからはじめよ、ということなのでしょう。

禅と俳句の話が再び出たところで、前項でも俳句が嫌うものと述べた因果関係について、いま少し掘り下げたいと思います。

因果関係とは、時系列の線上にある二つのものごとを、「これがあるのは、それより前のあれがあったからだ」という関係で結びつけてとらえることです。私たちはこのとらえ方にあまりにも慣れているので、因果関係以外の関係がなかなか思いつきません。

でも例えば偶然の一致が、そうです。共時性ともいいます。いわゆる「虫の知らせ」がわかりやすい例ですが、時系列の前後に位置していない、従って因果関係もないはずだけれど、何かしら関係のありそうな一致。シンクロニシティとも呼ばれます。

俳句では選評のとき、季語とそれ以外の部分とが「響き合う」との言い方をよくします。この本でもたくさん出てきました。「響き合う」とは、まさしくこのシンクロです。「響き合う」こそ、因果関係以外の関係です。

仏教ではものごとは、原因をひとつに定められないさまざまな関係の中で生起していると考えます。「縁起」という考え方です。その考え方においては「私」を含むいっさいが、無数ともいえる関係によって、いわば絶えずうごめくように成立しており、固定した実体はないとしています。いわゆる「空《くう》」の思想です。

俳句は「空」の思想であると述べようとしているのではありません。禅と俳句の項で、因果関係の否定や「私」をなくすといった話が、やや唐突感があったかと思うので、そこでは深入りすることを控え、ここで改めて俳句に即した話で補う次第です。

エッセイと俳句と

エッセイを書いてきて三十年ほどになります。十年ほど前から俳句という、新たな言葉の営みが加わりました。エッセイというなじみの表現形式を持ちながら、なぜ俳句をはじめたのか、しかもずっと続いているのかと、よく聞かれます。

ひとことでいえば、同じ言葉を用いてすることでも二つは大きく違うからです。

エッセイと俳句の違いについては、「自我を手放す」の項でふれましたが、例を交えながらもう少し詳しく述べます。

なんらかの媒体に掲載するエッセイでは、媒体を持つ側からテーマを与えられるケースがほとんどです。例えば「ひとりでも楽しく暮らす」といったものです。テーマを与えられると、自分の中にある題材の蓄積から、テーマに合いそうな題材を探し出してきます。題材は具体的であることが必要です。洋梨のラフランスを三個、お気に入りの皿に載せて、テーブルに置いてみたことを書くとしましょう。ひとり暮らしにしては、豪勢です。テーブルの上でそれは芳香を放ち、見た目にもひとりの部屋に彩りを加えているでしょう。

さきにエッセイには説明が必要と述べました。ここでも皿に盛った洋梨そのものだけを出したのではだめです。読者には「ひとり」であることと洋梨が盛ってあることとが、うまく結びつかないからです。みかんならまだしも洋梨は一個が大きいので、そうそう食べきれるものではありません。店頭でひと山いくらで売られていたラフランスが、あんまりきれいなイエローグリーンだったから、つい買ってしまったといった状況。そんな出来心の買い物をしてしまうことを、読者が不自然に感じないためには、その日は久しぶりの休日でといった、うきうきした気分になれる状況も、前提として説明しておいた方がいいでしょう。題材の中心である具体的なものを出すための、いわば周辺環境の整備を説明によってしなければなりません。

俳句ではそうした説明なしに、皿に盛ってあるラフランスをダイレクトに出します。

ひとり居《い》の皿に盛りたるラフランス

大きくて、イエローグリーンで、香りもよくて、といったことは言わなくてよいのです。「ラフランス」という季語の中にみんな入っています。ちなみに「ラフランス」は秋の季語の「梨」の傍題です。

これを読んだ人が「ひとりでも楽しい」と感じてくれるかどうかはわかりません。ひとりなのに食べきれるはずのないラフランスを盛り上げて、かえって寂しい、あるいはひとり暮らしの人もラフランスもやがて朽ちていくものどうし、といった老いの侘《わ》びしさを感じる人もいるでしょう。それは誤読でも、作者の失敗でもありません。自分にとっては「楽しい」ものを出してみたら、読み手の胸に寂しさ、侘びしさがわいた。それでよいのです。

俳句ではほのめかしをしないと、さきに述べました。皿に盛ったラフランスに「楽しい」という意味を担わせません。この題材からこういうことを受け取ってほしいという、エッセイにおけるテーマにあたるものは、俳句にはないのです。「ひとりでも楽しい」ことを言うために、この句を作ることは、ふつうは考えられません。句会の席題で「居」という字が出た、たまたま秋の句会だったので歳時記から「ラフランス」という季語をみつけ出した、それを自分の中の蓄積、すなわち実体験や絵画などを通しての疑似体験などの蓄積から、皿に盛ってあるシーンを立てた、というのがありそうないきさつです。

そのシーンを立てたとき、作者の中に「ひとりでも楽しい」という思いが、あるかもしれません。が、俳句では思いを述べません。五七五の中では、皿に盛ってあるラフランスそのものを出すまででいっぱいで、後は読み手に委ねる他ないし、委ねることをする表現形式なのです。

かように違うエッセイと俳句ですが、私にはどちらも楽しいです。

エッセイでは、主観で話に筋道をつける、言おうとすることに最後には着いているよう、説明や描写を割り振り、制御していくと述べました。制御している間の持続的な集中と書き抜いたときの達成感は、快感といえるものです。

俳句における集中は瞬発的です。兼題なり席題なりを与えられたら、自分の中の蓄積へ手を突っ込み、題材をつかみ出してきて、思い切って投げる。五七五しかないので、言おうとすることまで間違いなく導こうという制御は、はじめからあきらめています。その潔さと開放感が、俳句の快感です。

その快感は、エッセイを書かない人にも感じていただけるものと確信します。社会ではあらかじめエンドポイントを決めてものごとに取り組むことが求められます。俳句ではエンドポイントは定められません。どこへ行くか、投げた本人でさえわからないのです。

自分の手を離れた球が、予測を超えた大きな軌跡を描き、思いがけず遠くまで飛んでいくことがよくあります。自分の頭で考えていたことが、相対的にいかに小さかったかを知り、すがすがしさをおぼえるのです。

歳時記は一生の友

俳句が趣味だと知られてくると、思いがけないところで同じ趣味の人と出会います。「実は私も俳句をしているんです。句会にも出ています」などと声をかけられます。その瞬間、親近感が生まれます。あ、あの楽しさを知っている人なのだと。上下関係も利害関係もなく純粋に、言葉と読み手と自分とだけになれる、取り繕うことや慮《おもんぱか》ることの何もなく五七五だけを投げ出せる、あの解放区で遊ぶ楽しさを知っている人なのだと。心を許せる人に思えます。趣味というのが、そういうものなのかもしれません。

ある人は地域で俳句を広める活動をしていると言いました。その人いわく、俳人ではないから俳句の作り方を教えることはできない、けれど、句会の仕方なら自分にも教えられる、そう割り切って人を集め、短冊を配ることからしていると。

私は「これだ」と思いました。

十年近く続けていると、俳句について話したり書いたりする機会が多くなります。内心迷いがありました。単なる俳句愛好者のひとりの私が、俳句について教えるようなことをしていいのだろうかと。さきの人の話を聞いて、迷いがふっ切れました。俳句がどんなに楽しいか、どんなふうに楽しんでいるか、季語がどんなに面白いか、歳時記にはどんなにたくさんのことが詰まっているか、それなら私も胸を張って語れます。本が好きな私ですが、仮に将来、高齢者施設に入居するとき何か一冊しか持っていけないとしたら、迷わず歳時記を選ぶでしょう。何度同じページをめくっても飽きることのない歳時記は、終生の友です。

もうひとつ、迷いを絶てたできごとがありました。

俳人が数名集まる公開句会を聴きにいきました。そこでは俳人がたそれぞれの俳句観がぶつかり合います。例えば「私は現物主義です。絵に描かれた朝顔は、季語として認めない」「私は認めます。私は現物より言葉に関心がある。その私からすれば、現物でない朝顔も季語です」。あるいは「十七音におさめるため、夕焼をゆやけと読ませるのは、定型に服従するみたいで嫌だ」「私は進んで定型に服従します」など。来場者はとまどいます。俳句を勉強中の人は、知りたいのです。つまるところ、現物の「朝顔」でなくても季語として詠んでいいの？　「夕焼」を字余りになっても「ゆうやけ」と読ませていいの？　自分も公理公式を求めていたから、わかります。どちらかに決めてもらった方が、安心なのです。公開句会では意見が闘わされるまでで、結論は出ませんでした。

そのとき、ここにも私のできる役割がある、と思えたのです。絵に描いた「朝顔」が季語として認められるか、定型をはみ出ても「ゆうやけ」と読ませるか、それらにつき俳人に交じって意見を述べる立場、ましてや判断を示す立場には、私はありません。けれど次のように伝えることはできます。ひとつの俳句観にすみずみまで支配されているのではなく、多様な意見がある、その多様性こそが俳句の現在で、そこから何を選ぶかは自分でみつけていくことなのだと。プロの俳人ですら、悩み苦しみながら自分なりに「これが俳句でしたいことだ」というものをつかみ取り、その信念にもとづいて句を作り、選をしているのだと、公開句会で私は感じました。俳人ですら常に試され、問われているのです。私たちも俳句をしようと思ったからは、「あれもいい、これもいいでは困りますからどちらかに統一してください。そのとおりに作りますから」と先生に、いわば丸投げするのではなく、ともに悩みながら同時代の俳句を作っていく、その気概は欲しいと思うのです。わかりやすく言えば、絵に描かれた朝顔の句を自分が詠んで、多くの人の心に響く句になったら、この時代に詠まれた朝顔の名句として、未来の歳時記に載るのです。

結論を示されず、あれもいい、これもいいのままだと、来場者にすれば放り出された印象があるかもしれません。自分は俳句に近づきたいのに、俳句から遠ざけられているような感を抱くかもしれません。その印象のため挫折してしまったり、俳人と愛好者の間に断絶ができたりするのは、残念です。私にできることがあるとしたら、そこをつなぐ役割、すなわち結論が示されないのはそれが俳句の現在だからだと伝え、私たちの立ち位置を確かめることだと思います。

ひとつの俳句観にすみずみまで支配されていないからこそ、参入しがいがあるのです。つかみづらさは、さまざまな挑戦が許されているのと同義です。言われたとおり作ればよいのでは、どこに面白さがあるでしょうか。

●大きな伝統に参入する安らぎ

参入、という言葉を今使いました。ひとつの趣味の世界への参入、という意味に限りません。俳句をはじめて私は、おおげさに聞こえるかもしれませんが、日本の習俗、生活文化、自然、それらの総体としての何か大きな伝統に参入したような感じがしています。それはひとえに季語のためです。

俳句が私の親しんでいるような今の形になったのは、たかだか百数十年前のことです。が、第一章で述べたように、季語には長い前史があります。桜なら桜という自然の植物に対し日本人が古くからどのような関わりを持ってきたか、どのような思いを寄せてきたかが、季語には詰まっています。それを集めたのが歳時記です。

はじめのうちは歳時記は本のひとつでした。ここに載っているのが季語って誰が決めたのかとか、編纂者《へんさんしゃ》が決めたのだろうか、などと考えていました。けれど十年近くにわたって毎年、桜の頃になれば桜のページをめくるうち、桜という季語に包含される伝統の総体を、そうした考えを経ないで直《じか》に、身近に感じるようになっています。それが、とても安らかで心地よいのです。

百代の過客しんがりに猫の子も　加藤楸邨《しゅうそん》

という句があります。「百代《はくたい》」は永遠、「過客《かかく》」は通り過ぎてゆく人。芭蕉の『おくの細道』の冒頭「月日は百代の過客にして、行かふ年もまた旅人なり」を引いています。「猫の子」は春の季語です。

流れゆく長い長い時の連なりのいちばん尻尾に、生まれたての子猫が加わった。子猫には永遠という意識はなく、次々と目の前に現れる「今」「今」「今」を懸命に生きているだけでしょう。けれどたしかに「百代の過客」の一員なのです。私はその子猫に、自分の姿を見ます。俳句の道を歩む足取りはいたって危なっかしいけれど、知らないうちに永遠の時間に迎え入れられている姿です。

俳句はいくつからでもはじめられます。出会った中には七十八歳ではじめた女性もいました。その年齢ではじめても成長できるのが俳句です。歳時記に載っている中に知っている言葉が多く、人生経験の蓄積も大きい。「風船」という春の季語ひとつにも、亡き親に買ってもらったこと、広場の式典、家族と出かけた旅行先、葬儀の日の青空など、呼びさまされる記憶があるでしょう。シーンの膨大なストックがあるし、読みも深まります。

俳句ではエイジングはアドバンテージです。五七五の組み立て方は後からでも先生に学べるけれど、題材のストックは誰も与えることができません。

仮に将来、高齢者施設に入居するとき、とさきほど書きました。九十歳まで生きているかわかりませんが、生きていたら俳句を続けていることは断言できます。歳時記は終生手放さず持ち続け、句会に出られなくなっても、はがきで投句します。郵便ポストまで行けなくなっても、指が震えて字が書けなくなっても、誰かに代筆を頼んで送ってもらおう。そう思っています。

おわりに

趣味といえば読書くらいしかない人間でした。少しでも時間があれば仕事をはかどらせておきたい、それが自分を楽にすることだと思っていました。その私が四十代半ばで俳句に出会い、こんなに長く続いています。

句会の日時は、仕事の予定を記す手帳に書き込み、よほどのことがない限り仕事を入れません。エッセイという仕事と俳句という趣味の二つの中心を持つ今は、頭の使い方のバランスがよく、心も安定しています。

エッセイと俳句の違いは、いくたびか述べたとおりで、頭の使い方は対極にあります。「私」が前面に出て「こう感じた、こう考えた」と語る、私は後ろへ退いてモノが語る。おおづかみに整理すれば「エッセイは私が主でモノが従、俳句はモノが主で私が従」といえそうです。

どちらも言葉を組み立ててすることであるのは、言うまでもありません。趣味は読書と述べたように、言葉にふれている時間はもともと好きでしたが、その時間が増えました。

量的に増えるだけでなく、同じ言葉を用いながらも質的に違う時間です。エッセイでは、できごとを描きながら「私はあのとき、こう感じていたんだ、こう考えたんだ、これが私のしたい生き方なんだ」と確認し、自分という人間の枠組みをしっかりと立てていく感じです。

他方俳句は、これもおおざっぱに整理するなら、その枠組みを相対化、もっと言えばいったん解体する感じです。私の打ち立て守りたがっている枠組みは唯一のものなどではけっしてないこと、「私」のつかんでいない私はまだまだあるし、世界はもっと多様なのだと知らされます。

「私」を解体する時間を、日常の中に持つことのだいじさを、俳句に出会う前に禅との関係で教えられたことは、第五章で述べたとおりです。往復書簡を通して起きた変化は、何かひとつの示唆《しさ》を受けてのことではなく、あるときはユング心理学、あるときは量子力学とさまざまな話題を行ったり来たりするうちにいつの間にかであったので、経緯を短くトレースすることはできません。が、往復書簡で禅に少しふれた後、俳句に親しみ、変化がさらに進んだことはたしかです。

往復書簡で次のように言われたとき、はじめはまったくうなずけませんでした。「私」に「命」が宿るのではない、「命」にいっとき「私」が宿っているだけだと。間違いではないかと思いました。私のこの肉体の諸器官が停止したら、私の命もそこで終わる。「命」にいっとき「私」が宿るなんて、話としてはわかっても、そのときの私の実感とはかけ離れていました。

俳句十年目の今、もし同じことを言われたら、すんなりと心に入ってくると思います。歳時記に載っている自然や、繰り返されてきた人の営み、そこに寄せられてきた人々の思い。私がしていること、抱く思いも、その一部をなしていくのだろうなと。第五章の「百代の過客」の句のところで書いた感慨と似ています。年を重ねるにつれ老いやその先の終焉《しゅうえん》が身近になってくるだろうこれから、それは大きな慰めと心の落ち着きにつながりそうです。

生きていることそのものですでに歳時記の一部をなしていますが、いつか自分の句が収録されるというかたちでも一部をなすことができるなら、こんなにうれしいことはありません。百七十冊近い出版物に名を載せてきましたが、十七音の作者として歳時記に参入できるのは、まったく違うことなのです。

そんな初々しい気持ちになれる、新たな夢を抱くことができる、趣味というものに出会えてよかったと思います。

この本で趣味を持つよろこびを、読者のかたに伝えることができていたら幸いです。

趣味のひとつとして、俳句に関心を向けていただければうれしいです。

そして俳句を作らないとしても、歳時記を手にとり季語の豊穣《ほうじょう》にふれていただければと願っています。

二〇一八年初春

岸本葉子

参考文献

『角川俳句大歳時記』全五冊　角川学芸出版
『俳句歳時記　第四版増補』全五冊　角川ソフィア文庫
『俳文学大辞典　普及版』角川学芸出版
『最新俳句歳時記　新年』山本健吉 編　文藝春秋
『日本の歳時記』小学館
『私の俳句修行』アビゲール・フリードマン 著　中野利子 訳　岩波書店
『墨汁一滴』正岡子規 著　岩波書店
『日記をつける』荒川洋治 著　岩波書店
『新版　20週俳句入門』藤田湘子 著　角川学芸出版
『わたしを超えて　いのちの往復書簡』玄侑宗久・岸本葉子 著　中央公論新社

岸本葉子

きしもと・ようこ　1961年神奈川県生まれ。
エッセイスト。大学卒業後、会社勤務、
中国留学を経て執筆活動に入る。
暮らしや旅をテーマにしたエッセイを
数多く発表。また、2015年4月より
「NHK俳句」(Eテレ)の司会も務めている。
著書に『がんから始まる』(文春文庫)
『続々・ちょっと早めの老い支度』(オレンジページ)
『エッセイ脳　800字から始まる文章読本』
『50代からしたくなるコト、なくていいモノ』
(ともに中央公論新社)など多数。
俳句関連の著書に『俳句、はじめました』(角川ソフィア文庫)
『575　朝のハンカチ　夜の窓』(洋泉社)
『俳句で夜遊び、はじめました』(朔出版)
などがある。公式サイト http://kishimotoyoko.jp/

俳句、やめられません
季節の言葉と暮らす幸せ

2018年2月5日　初版第1刷発行

著者────岸本葉子
発行者───清水芳郎
発行所───株式会社小学館
〒101-8001　東京都千代田区一ツ橋2-3-1
電話　編集　03-3230-5118
販売　03-5281-3555
印刷所───凸版印刷株式会社
製本所───株式会社 若林製本工場

ISBN978-4-09-388590-4